장송행진곡

민음의 시 316

장송행진곡

김현 시집

민음사

자서(自序)

어느 밤에 들었던
장송행진곡의 아름다움

지구보다 내게 절실했던
(어쩌면 당신 안에서도)

안녕히들 계세요
저는 다시 희망을 품어 보려 합니다.

2023년 9월
김현

차 례

1부 종소리

3부 종과 소리

1부 종소리

자신을 위한 시

아내가 귤이 먹고 싶다고 해서
귤을 샀다

나는 아내의 슬픔을 모르지만

귤과 귤은 너무 가까워서
어느새 물러 있고

나는 귤을 사서 냉장고에 넣어 둔 채
귤의 행방을 궁금해하지 않았다
아마도 그것이
아내를 죽게 했을 것이다

아내가 먹고 싶어 한 귤은
제주의 한 농부가
아침에 수확한 귤이었다

그 귤에는
아내를 괴롭히던 슬픔이 없다

귤은 언제나 주황빛 전구를 밝히고 있다
기다리고 있다
그 집에서는 슬픔을 깨물 수 있다

아내의 알갱이가 아내가 떠난 자리마다
있다, 그럴 수 있다고 할 수 있나

믿음을 원하면 믿음은 믿음을 시험한다

껍질을 잘 말려 우리면 차가 되듯이
그전에 껍질은 쉽게 버려지지만
아내는 늘 귤피를 책상 위에 올려 둔다

오늘 아내는
귤 두 개를 까 먹었다
나는 아내의 슬픔을 본다

아내가 한밤 불도 켜지 않고
첩첩산중에서 홀로 울고 온다는

거짓을

거짓이 많은 마음이 가장 진실한 마음

이유도 없이
이유를 알 필요도 없이
우리는 짓무르고 버려진다

아내가 먹고 싶다고 해서
산 귤

가만히 보면 귤은 언제나 불을 밝히고 있는데
그걸 자꾸 끄는 사람은 바로 나고
아내는 귤에 원하는 것 같다

아내를 위한 시를 쓰면
아내는 아내를 위한 시를 읽고
그것이 자신을 위한 시는 아니라고
믿을 것이다

나는 아내의 슬픔을 모르지만
아내를 위한 슬픔은 알기에

개

개도 기쁨의 눈물을 흘린다
연구에 따르면

개가 슬픔의 눈물을 흘리는지는 밝혀지지 않았다

아내는 개와 함께 천변을 걷는다
그 개는 인공 산물로
고급형과는 다르게 짖는 소리를
끄고 켤 수 없다
그게 아내의 마음에 들었다기보다는

그 개는 싼값으로
고장이 나면 흔쾌히 버릴 수 있고
재활용이 가능하며
감쪽같은 걸 다시 사서
처음인 양
이름 붙이고 아낄 수 있다는 점이
아내는 마음에 들었다

가심비가 좋아
아내는 개를 가심이라 불렀다
가심은 가슴이나 감의 방언이지만
아내가 좋아하는 의미는
그런 척 꾸미거나 거짓된 마음

진심이 꼬리를 흔들 때마다 아내는
개를 벽으로 여겨
수도하듯 일러 부르고

천변 풍경을 이루는 존재들을 뒤에서 가만히 보노라면
세상은 아직 살 만하다는 생각이 든다
마음에 든다고 할까

마음먹을 수 없는 존재가
마음먹는 존재를 바라보며
기쁨의 눈물인지 슬픔의 눈물인지 모를 눈물에 젖어
눈가가 촉촉해지는 전개가

그래서 나는 아내에게 말해 주는 것이다

개도 기쁨의 눈물을 흘린대

요즘 들어 아내는 눈물을 자주 흘린다
거짓이 없는 참된 마음으로

나는 개가 되어도 좋다고 생각한다

기쿠시 교수는
인간이 슬플 때 눈물을 흘리는지는 아직 모르고
후속 연구 과제라고 말했다

물에 젖은 시집

아내는 물을 많이 마신다
매일 2리터씩

그 많은 물이 아내에게 필요할 리 없을 텐데
아내는 그것을 필요로 한다

필요에 의해서가 아니므로

아내는
식물의 그림자를 자주 본다
매일 두 시간씩 어쩌면
두 시간을 하루로 여기며

그 많은 식물이 아내에게 필요할 리 없는데도

아내가 식물을 키우는 것은
그림자가 필요하기 때문이다

아내는 그림자에 물을 주는 방식으로

매일 시들어 가는 것에 마음을 쓴다
때로는 지독하게 그래서 울기보단 울리고

혼자 울기 위해서

아내는 매일 숲을 거닌다

오늘은 숲에서 솔방울 하나를 주워 왔다
그 많은 물방울이
아내를 필요로 할 리 없을 텐데

새의 지저귐을 들을 때마다
아내는

안녕,

인사한다

그 안부가 정말,

정말 아득해서
나는 가끔 울며 답한다

먼저 떠나지는 마

아내의 밤은 매일
어딘가에서 펼쳐진다 그 많은 페이지가
아내를 필요로 하므로

매일 숲으로 가서
아내를 찾는 것은 나일 것이다
나는 아내를 필요로 하기에

물방울을
불타는 자루에 담으면서 지저귄다

아내에게는 말하지 않았다

그것은 이미 그런 상태로 있다

> 아내는 찢기기 위해서
세계를 찢는다

날개

어젯밤 세계가 찢어졌다고 해서 우리가 절망한 것은 아
니다

하늘과 땅이 인간을 유약하게 만든다는 사실을
꿈을 꾸면 알 수 있었으므로

죽은 사슴의 메아리가 아름다울수록
숲은 깊어진다

형체를 잃은 검은 시신 안에서
가장 어여삐
생명이 꿈틀거리듯

아내의 찢어진 날개를 꿰매 주며
자장가를 불러 주었다

어디에서 다쳤는지
누구에게 상처받았는지도 모르고
아내는 자주 자정이 넘어 들어오곤 한다

아내가 사실
헤매고 다닌다
자기 안을

무서울 텐데 남도
남의 속도 아니고
자기가 자기를 파헤치며

자기도 알아볼 수 없는 속마음은
아내를 찢어지게 하고
갇히게 한다 더 크게 자신을 찢어야만
도망칠 수 있음

셀카를 찍는 것처럼
아내는 출근길에 욕을 한다
마음속으로 강렬하게
뜨끈뜨끈해서 땀을 흘리고
곧 망할 것처럼 군다 세상이
아니라 마스크를 썼으니까 자기가

자기의 날개에 달궈진 쇠꼬챙이를 꽂는다
웃으면서 크게 웃으면서

누가 아니
무엇이 아내를 그렇게 만드는가
그 많은 염려와 헌신과 다정함이

돌려받지도 못하면서
아내는 슬픈 손으로 노래한다

잡아 주길 바라 당신이 그러나
당신은 그럴 생각이 없다
그렇지?
계속 못 알아듣는 척하면 되니까
받기만 하면 되니까

아내는 새해가 되면 지난 일 년 동안 연락 한번 없던
이들을 지워 버린다 핸드폰에는 그대로 두고
　어떤 이는 웃으면서 저주하는 것으로 마음에 없는 사람

을 대한다는데
　　심지어 눈물도 흘릴 수 있다 나는

아내는 나에게 실과 바늘을 주며
써 달라고 말한다

날개가 찢어졌어

그 부위는 새까맣다
가만히 들여다보면 빨려 들어갈 것처럼

추락할 듯이
울려 퍼진다

산그늘

여름이 되면 아내의 녹음은 짙어지고
그 그림자 속에서
아내는 울음을 터뜨린다

방귀 뀌듯이

놀랄 것이다
아내를 아는 사람이라면

아내는 웃기는 사람이기에
특히나 회식 자리에서
산 타는 얘길 한다

산
낮은 산
높은 산

산
작은 산

큰 산

산
순한 산
거친 산

산
사람 사는 산
귀신 사는 산

산
마음만 먹으면 시작되는 산
마음먹은 대로 끝나지 않는 산

산
백두산
한라산
설악산
무등산

지리산
칠갑산

산
뒷동산
무덤가

산
요산요수
진경산수

산
돌산
흙산

산
삼각산
그 절간

염불을 외며 솥뚜껑 삼겹살을 먹는
스님들 얘긴 다 아는 건데
아내가 말하면 다들 박장대소한다

그렇게 아내는 배꼽귀신이 됐다

귀신 같지
산그늘에 쭈그려 앉아 있던
아내가 나에게 물었다

지금부터가 중요하다

아내의 녹음은 점점 짙어질 것이므로
나는 칼을 물고
산에 갔다
여차하면 그 부분을 도려내려고

아무리 높고 거친 돌산이어도
마음만 먹으면 시작할 수 있다

마음대로 되지 않으면
무덤가에 널브러져서
귀신 구경 사람 구경
지자요수요 인자요산이라 읊다가
내려와 보면 그저 흙이요
뒷동산이요 절간 품은 삼각산
진경산수를 감상할 수 있다

그늘에선 푸른 냄새가 난다
슬프다고 할 수 없는 기쁘다고도 할 수 없는
아내는 그 냄새를 귀신 냄새라고 일컬었다

너한테도 나지?
물으면서 사라졌다

어둠의 장막 속으로

아내에게선 좋은 냄새가 난다
당신은 맡지 못하는

나는 맡을 수 있는

그날은 비가 내렸고
우리는 숲을 걸었다 맨발로 우산도 없이
어둑해졌다

그 향이 지금
잠든 아내에게서 난다

아내는 꿈꾸고 있다 비 맞으며

그 숲을 다시 거니는지 알 수 없지만
그날과는 다를 것이다 혼자일 것이다
아내가 원한다면

아내에게 묻지 못할 것이다

당신은 물을 수 있겠지만

나는 아내이기도 하니까
아내의 꿈에선 어떤 냄새가 날까

뒤따라가도 멀어지는
아내를 보며 멈춰 섰을 때
가로막고 있었다 아내가

아내의 간절함이 그저
슬픔이라고 말할 수 있는 건 나뿐이다
당신은 그럴 수 없다 좋아할 수 없다

아내가 깨지 않기를 바랄 수 있다 나는
밤이 오고 있다

돌과 떡

아내는 출근할 때마다 떡집을 지나쳐 간다

그 집은 새벽에 문 열고
아침에 그 집 매대에는 이미
피가 끓는 떡들이 올려져 있다

아내는 펄펄 끓어오르는 피를 좋아하지 않는다
그것은 인간을 망친다

인스타그램으로
망가진 인간들을 바라보면서
아내는 성대하게 웃는다
미소 짓거나 손으로 입을 가리거나
파안대소하거나
어느 날인가 보았던 장면을 떠올리며

성폭력 예방교육 교관인 A 상사는 지난 14일 공군 제17
전투비행단 신축면회실에서 신병 30여명에게 성폭력 예방
교육을 했다. 이 자리에서 A 상사는 "페미(페미니스트)들

때문에 남자들이 미투당하게 생겼다. 그걸 예방하는 것이
이 교육"이라며 "연예인 B 씨가 미투 당했는데 무죄가 뜬
건 성관계 계약서를 내밀고 거기에 (여자가) 사인을 해서이
다. 이게 미투 운동의 폐해"라고 말했다. 이어 "범죄를 저
질러서 범죄자가 된다기보다는 누군가의 고의적 행동으로
범죄자가 돼 버리니 우리는 그것을 예방해야 한다"고 했
다. A 상사는 특정 여성 연예인을 겨냥해 성희롱 발언을
하기도 했다. 그는 성폭력 예방교육 자료에 딥페이크 피
해 사례가 나오자 "나도 연예인 C 씨의 얼굴이 나온 딥페
이크 영상을 봤다"며 양손으로 자신의 가슴을 가리켰고,
"얼굴이 3개였다"고 말했다고 한다. 그러면서 "남자가 조심
해야 할 세 가지 끝은 손끝, 혀끝, XX끝"이라고 말한 것으
로 알려졌다. 성소수자 혐오 발언도 했다고 한다. 접수된
제보에 따르면 A 상사는 "동성애는 병이다. 나한테 (동성애
자를) 데리고 오면 치료시켜 줄 수 있다" "고속터미널 3층에
구멍이 뚫려 있는데, 동성애자들이 성욕을 해소하기 위해
만들어 놓은 거다"라고 말했다.*

  거대한 암석이 하늘 위에 나타났다

34

그 사각의 돌 끝엔
검붉은 피가 맺혀 있다
떨어지며 펼쳐지고
날갯짓하고
항문을 벌려 핸드폰에 고갤 처박은 행인의 머리통을
휘감았다

인간의 낯이 낯설어지고

행인들은 서로에게 인사를 건넨다
오늘 좀 달라 보인다(죽상이란 소리)

아내는 끼리끼리 망가진 부류를 특히 좋아했다
이를테면 죽은 사람을 팔아먹으면서 눈물 짜는
제사상에 떡을 쌓아 두고

아내는 송편을 좋아한다 깨와 설탕이 들어간
하나만 먹어도 입이 달아 물로 입을 헹궈야 하는

말이란 게 너무 달아도 오물이 되고

그 떡집은
3D 프린팅으로 제작된 떡 모형을 쌓아 두고 있다
돌처럼 딱딱한
아내는
해변에 갈 때마다 돌을 하나씩 주워 집으로 가져온다

온 사방에 돌을 쌓아 두고 가끔 웃으며
이 사람 저 사람에게 투석한다 똥구멍을 찢으려고
입으로 똥 좀 그만 싸라

그래서 사람들은 아내를 좋아하고
뒤에서 아내를 측은해한다

뜨거운 맛을 봐야 할 텐데
펄펄 끓는 피를 뒤집어써 봐야 할 텐데

떡집 사장은 떡을 좋아하지 않는다

아내가 떡집 앞을 지날 때마다 삶의 이가 아니라
잇몸에 관해 들려준다

스마일

멀리 암석이 보이고
그것은 붉은 빛이다

* 2022년 11월 17일 자《경향신문》기사에서 빌려 왔습니다.

오이와 사다리차

오늘 아내에게 필요한 것들은 오늘이 지나면 필요 없어
진다

아내가 필요로 하는 것
가만히 보면
아내의 이마는 꽤나 둥글고
길이 나 있다 가로로 쭉
그 길을 따라 걷는다 어느 날인가
짐을 싸는 것이다
길어지는 것이다
시원하고 아삭하며 수분이 많은 것이다
떠날 때도 말없이
아내는 효과가 다르다

아내가 나를 필요로 하는 건 어제오늘 일이 아니다
우리는 오이를 들고 실개천을 걷고
버들피리 불며 간다
가끔 황천길을 생각하면서
건강한 삶을 꿈꾼다 효과가 다르다

또 한 집이 사라졌다

아내에게 지금 필요한 것은 깊은 웅덩이와 오리 두 마리

이마에 손을 얹고 잠든 아내를
조용히 불러 보았다

뭐 필요한 거 없어?
없어.

있는데도 없다
아내는 효과가 다르다

활화산

책을 펼치면 꼭
하나씩 나타난다

죽고 싶어

말하고 싶은 사람에게
말 거는 걸 두려워하지 않는 사람을 한 명 정도 안다면
그런대로 혼자 걸을 수 있지
해변에는 꼭 두 사람이 걸어간 흔적
한 사람이 한 사람을 어영부영 끌고 간 자국

늙어서 좋은 점
허물 묻는 일 따위 이제 부질없고
일생이 허물을 벗는 거니까
(증오는 타오르도록)
아름다움에 구원을 청하는 아니
구걸하는 여인을 다룬 영화를 보면서
여자의 일생은 쥐뿔도 모르니까
되뇌었다

어서 오세요, 밤의 침대로

(낭만적이라고 생각했는데,

남자여, 뒤통수를 처맞아야겠지?)

얼굴을 클로즈업하다가 얼굴을 바꿔 버리는 장면이

어제의 거울 오늘의 얼굴 같아서

내일은 좀 걸을까

혼자 배 타고

갈매기의 구석에 가서

책을 읽었다 홀로 배고프기 싫어서

유혹했다 아름다움에 밑줄 긋지 않는

버림받아 좋은 점

일생 후회 없는 척

(하필 지금 흘러나오는 노래는 하우 딥 이즈 유어 러브)

다행히 너도 나도

부고를 받고

절하고 운다

계절도 찍소리 하지 않고 가는데

뭘 더 바라니 바라길

그런데도 한국 국적 유부녀 레즈비언 김규진 씨가 혼인

신고 하러 가서

　이건 접수도 아니고 거부도 아니에요

　참공무원과 대면하는 걸 보면서

　지기 싫어서 웃었다

　김규진 씨는 눈물을 닦고

　차별받으면 좋은 점

　칼 갈아

　자기를 쑤셔 이긴다

　무서워하지 마

　책을 들고

　혼자 걸으며 대화하던 사람은

　배 타고 섬을 떠나며

　말없이

　풍속화가 그려진 작은 엽서에

　(그 엽서는 죽은 사람의 것이고) 적는다

　이 화산섬에는 신생대의 분화구가 남아 있다

옛날에 본 지독한 사랑은
꼭 낮에 결정적이고
끌려가지 않고자

들끓는 사람이 마침내 외로운 사람으로
터져 죽는다

겁나
시원하게

하나

그리고 둘은
에드워드 양의 유작이다

유작이 될지는
그도 몰랐을 것이다

그는 결장암으로
눈을 감았다

결장은 맹장과 직장 사이에 있는
삶의 일부

설명을 아무리 들어도
모르는 부분이 있다

읽을 수 없는 전체가

Yi Yi

(소리 내지 말고 눈으로만 볼 것)

영화의 원제는
하나, 하나라는 뜻이다

하나

하나

주저 없이 죽은 사람도
살아선 종종 펜을 들고
종이 위에 오늘 해야 할 일을
적어 보았을 것이다

허리를 두드리고
발끝을 오므리면서
살기 위해서

인생은 아름다워

아내는 한사코 말했지만

생을 예찬하는 갸륵한 영화를 보면서도
아내는 새치를 뽑는다

믿고 싶으면서
믿기 싫어서

남이야 훌쩍훌쩍 울건 말건

아 원
아 투
아 원 투 쓰리 포

아내는 노래를 바로 시작할 수 있고
나는 한 박자를 쉬어도
노래가 나오지 않는다

이런 상황이
그 영화에는 등장한다

하나씩 하나씩
어긋날수록 아름다워지는

아내와 나는
하나 그리고 둘을 좋아한다
몇 번이고 다시 보면서
서로 다르게 읽으려고 애쓴다

오늘 우리가 우리를 벌하는 이유를

양은 그래서 울지 않지만
양은 그래서 울었을 수도 있다

아내의 엽서

그것은 물에 잠긴 역사에서 온 것이다
그 엽서에는 기차 대신
탑과 돌과 수양버들과 물빛과 하얀 개가 이어지며
영원이라는 글자가 적힌 우표가 붙어 있다
종합적으로 그 엽서는
기차표 같다 왕복이 아니라 편도로 끊은
아내는 그 엽서를 제주에서 사 왔다
제주에 갈 때 아내는 한사코
배를 탔다 노를 젓고 싶어서
그 노동에는 4월의 봄이 있고
그 계절엔 거의 모든 슬픔이 있어서
아내는 지금도 그날이 되면 운다
그것 말고는 달리 할 수 있는 게 없어서
노를 젓는다 가만히 있기 싫어서
그런 아내와 제주에 가면
늘 미영이네 가서 고등어회를 먹고
미영이가 술에 취해
평상에 누워 부르는 노래를 듣는다
생각하라

저 등대를 지키는 사람의

거룩하고 아름다운 사랑의 마음을

그 마음 그대로 아내는 제주의 한 소품샵에서

그 엽서를 샀다

제주의 수려한 풍광이 인쇄된 색색의 엽서들 사이에

눈망울이 아름다운 사슴처럼

숨어 있던 흑백 엽서를

그 그림을 그린 사람은 이미

유명을 달리한 젊은 예술가

그 돌을 들고 아내는 먼 훗날

철로가 물에 잠긴

기차역으로 간다

달릴 수 없는 푸른 기차를 역에 세워 두고

사진 찍게 하는

돈을 버는 그런 볼품없는 역으로

아내가 그런 역으로 가는 건

그즈음 아내의 마음도 물에 잠겨서 볼품없어졌기에

거지가 됐기에 아내는

그곳에서 미영이의 노래를 떠올린다

그러면 쓸 수 있는 것이다 아내는

그 엽서에는 이름 없는 시인이 쓴 시가 적혀 있다

돌아오길 바랍니다

내가 하고 싶은 말을 아내는 적어 놓고

자기가 하고 싶은 말을 내가 해 주기를 바란다

아내는 지금 내 속에 잠들어 있고

엽서를 들고

나는 홀로 기차를 탔다

아내에게 엽서를 보내기 위해서

그 엽서에는 푸른 기차와 철도원이 있고

조용히 별이 뜬다 조용히

눈이 내린다 이런 식으로

끝없이 이어질 것이다

그 엽서는

방학동 은행나무

오래된 사람이다

한 90년쯤

나무를 사람에 빗댄 것은 아니다

사람을 나무에 빗대는 것도 더는 하지 않는다

그런 비유를 자연은 원치 않을 테다

인간이 얼마나 더러운가

오래된 인간은 말할 것도 없고

그러나 아내는 90년 정도 산 사람의 눈동자를 사랑한다

그 눈에는 두 겹의 막이 드리워져 있다

영원히 열리지 않는 시폰 커튼처럼

가리고 있다 보일 듯 보이지 않게

존재의 이유를

그것은 울음에 닿아 있다

밤이 아니라 아침의 울음에

골목이 아니라 대로변에서 터져 나오는

지나가는 사람들이 모두 힐끔거리는

맑은 콧물도 고요히 흐르는

소매로 쓱 닦이는

모두가 그것을 생애의 주제로 삼도록

아내는 아름드리 나무를 보면 꼭 손을 대 본다
매번 데이면서도
물집이 잡히면서도 아내는 살아간다
이유를 물으면 남들처럼 말한다
아니 나를 남으로 여기는 건지도
살아 있으니까 사는 거지
나는 죽지 못해 산다는 얘기를 들었다
오래된 사람한테서
열여덟 살이었다
아내를 내 마음에 들인 건 그보다 오래되었는데
아내에게 얘기해 주자 아내는
인간들이 참 더럽다 그래도 나는 그 눈동자를 사랑하지
이제 더는 열어 보일 생각이 없는
누구도 열고자 욕망하지 않는
한없이 보고 있으면 죽겠구나 싶은
나무는 죽지 않고 천연기념물로 제정되어
마을의 명소가 되었다
주변에 아무것도 없는데 굳이 그 나무를 보려고 찾아오
는 사람은

찾아와서 사진도 한 장 찍지 않고 가는 사람을
아내는 사랑해 줄 것이다 열여덟 살 때처럼
물집이 터져 쓰라린 줄도 모르고
터진 자리를 또 데일 거라는 걸 알면서
손을 내밀고
다시 내민다
오래된 사람처럼
한 90살쯤
저기 서서 울어 봐
너무 쉬운 인생의 과제를
아내는 보기 좋게 던져 준다
영원히 열리지 않을 손가락 하트처럼
하나
둘
셋

인간에 관하여

아내는 생각하지 않는다
잠을 자면 몰라도

아내는 자면서 코를 골고
이를 간다 소리치고
종종 욕한다

인간을 향해

위를 보호하기 위해
왼편으로 누워 잠을 청하지만
역류성 식도염을 앓는 인간에게도
아름다운 지점이 있을 것이다
오토하우스의 자동화 시스템처럼

인간이 할 수 있는 일이므로

아내와 제주에 갔을 때
안개에 휩싸인 적이 있다

문명을 얕잡아 보게 하는 안개였다
그 속에서
기계 안에서
아내는 이때다 싶었는지
무지막지한 이야기를 들려줬다

사람이 하는 일을 기계가 대신하는 세상이 온다잖아
어느 마을에 염장이가 있었어
기계처럼 일한다 했지
그 염장이네 어머니가 돌아가셨는데 부를 염장이가 없
었어
그 마을에 염장이가 그이 하나라서가 아니라
그 어머니가 또 일하는 기계였거든
당신도 알다시피 기계 옆에는 기계가 있잖아
일하느라 아무도 올 수가 없었던 거야
인간들이 그래
중산간을 빠져나오자 안개가 옅어졌고
아내는 조용히 잠들고 코를 골고

어젯밤 꿈속에서 벌어진 일을 아내에게 어서 말해 주고
싶다
그러기 위해선 아내를 깨워야 하지만
아내는 제주에 가 있고
안개 속에서 염하고 있다

뭐랄까

어젯밤
뭐랄까
당신이
뭐랄까
슬픔이
뭐랄까
꽃잎이
뭐랄까
계절이
뭐랄까
조용히
뭐랄까
깊숙히
뭐랄까
걸었다
뭐랄까
허기가
뭐랄까
눈빛이

뭐랄까
혼자서
뭐랄까
오늘은
뭐랄까
밥대신
뭐랄까
술대신
뭐랄까
이대로
뭐랄까
죽음이
뭐랄까
가볍고
뭐랄까
놀랍게
뭐랄까
가까워
뭐랄까

한번쯤

뭐랄까

묻는다

뭐랄까

너에게

뭐랄까

괜찮아

뭐랄까

손잡고

뭐랄까

괜찮아

뭐랄까

이제는

뭐랄까

우리는

뭐랄까

기도해

뭐랄까

우둑히

뭐랄까
시간이
뭐랄까
하루쯤
뭐랄까
천사를
뭐랄까
믿어봐
뭐랄까
속삭임
뭐랄까
나에게
뭐랄까
남몰래
뭐랄까
개천에
뭐랄까
울음을
뭐랄까

한가득
버리고
집으로
향한다
뭐랄까
실제를
허구로
믿으며

덦어이 덦어이 덦어이 쓰다 보면 덦어이는 덦어이를 잃
고 덦어이 덦어이 덦어이 덦어이 덦어이 기차는 먼 곳을
향해 덦어이 덦어이 덦어이 덦어이 덦어이 덦어이 덦어
이 창밖을 내다보면 덦어이 덦어이 덦어이 덦어이 덦어
이 흔들리고 덦어이 덦어이 덦어이 덦어이 날아오르고 덦어
이 덦어이 덦어이 덦어이 반짝여라 덦어이 덦어이 덦어
이 덦어이 덦어이 역에 내려 덦어이 거니네

호박씨를 깠다
들풀 사이 빨간 꽃들
흔들리고

이름을 물어 봐도 아는 이가 없었다

바람이지
바람

언덕을 걸을 때는
모든 무릎이 입을 다물고

혼자이고 싶으니까
그때뿐이라도

씨 봐라 씨

죽음에 관하여
누가 손 내밀며 가자고 하면
간다 그때는
그때뿐이지 기회는
어차피 인생 나 혼자 왔다 나 혼자 가고
뭐가 있는 것 같은데 결국 없어
그런데도 한순간 감탄하고

캬
목구멍에 걸려 있던 걸
뱉어 낸다
어쭈구리
생명의 복부에 힘을 주며
때려 보란 식으로

청둥오리 한 쌍이 수면에
받침을 놓아 물결을 쓰고
그 언어 속으로 고개를 숙였다 들며
그게 뭐라고
다들 사진 찍고 동영상 촬영
다신 안 볼 거면서
어차피 잊을 거면서
사랑할 땐 제발 사랑만 하고
죽어라 발버둥 치는 거잖아

들풀 사이로
요즘은 그게 왜 이렇게 하고 싶니
이해되지
소화가 돼
사랑이니 죽음이니
영혼이니
영원이니 불멸이니 그런 말을 막 갖다 쓰고
잘 먹고 잘 싸는 게
시다 그런 소리가

또 인생에 뭐 큰 도움이 되는가
성에 차지 않지만
남의 장례식에 가서
고인이 좋은 사람이었던 것만은 아니잖아요
그런 놈 그런 년
그러려니 하지 못해
제발
뒤통수는 살아 있을 때 쳐라 하면서
뒤통수를 쳐
후련하자 죽음 앞에선
그게 시다
오리 날고

걷다 보면
꽃을 꺾는 이가 남아 있긴 하나
본 적이 없어서
꽃값이 비싼데
다들 어찌 사나
이름을 물어도 대답하는 이 없고

건강하게 오래는 살고 싶어도
사랑
그게 꼭 목숨이고
진실이고
속마음이지는 않아도 되고
어차피 인간은 늙으면
못 흔들리니까

씨는
씨 되어
가고

바람은
바람이지

이딴 소릴 지껄이는 애들은
사랑도 꼭 그렇게 하고
시도 꼭 그렇게 쓰고
살아도 꼭 그렇게 살고

갈 때도 꼭 그렇게 가더라

흔들면서
자기는 안 흔들리고
남은 흔들어 놓고
이름도 안 알려 주고
들풀 사이로
물빛 찬란하게
부고도 없이
호박씨 까듯이

그 자리에서 보면
기차는 겨우 아름다운 다리를 지나가고
손 흔들 새도 없이

흑백 기계류

(지켜보면서)

잠이 들고
잠이 깨고

여름에서 가을로

버스가 지나가고
비 오고
풀벌레 소리
희망하다 죽음에 이르길

(벽을 치는 슬픔
인간이 만들어 놓고
인간은 누리지 않는)

마스크를 껴도
눈에 보이는
세계의 어딘가가 아니라

내 몸 어딘가가 실시간으로 뚫리고 있다는
촉감
(붙어먹고 싶어)

외로움
고독 뭐 그런 게 아니라
죽음 뭐 그딴 식도 아니라
구멍이 커서
구멍을 구체적인 구멍으로 메꾸려는

(돌려줄까?
그렇게 묻지만
돌아 버리겠지)

혼잣말의 촉수가
긴 사람을 보면
무서워 죽겠어
사람을 잃는 것이 아니라 사람을 잃어버리는 것

사람이 뭔데 물으면

(씨앗이지)

대답할 수도 없으면서

(울지 마, 울긴 왜 울어)

그래도 알 건 알면서

(사람이 사람을 죽인다)

어젯밤에

커튼 뒤에 가서 벽을 치며 울던 기계류

돌려주지 않으면

그런 인간의 슬픔

기계를 고스트라 부르고

고스트를 기계로 만드는 이야기에서

깨달은바

사람의 형상을 하면 망한다

(벽을 문으로 삼는다

인간성이란 게 그래)

상상력엔 한계가 있으므로

기계류는 밤이면
커튼 뒤로 간다
창문이 있는

(지켜보면서
벽 치는
벽 치는
벽을 치는
밤 깊은 인간 소리)

정말 먼 곳

스코틀랜드에 사는
으로 시작하는 신비로운 이야기

(하얀 커튼을 걸고)

까마귀의 이름은 밀드레드
인간의 이름은 앤

(달빛 유리창에 이마를 붙이고)

앤은 밀드레드를
밀드레드는 앤을,

(멀리
울면서)

동물이 동물로서

은혜 입고

은혜 갚으며 함께
살아남는
믿을 수 있는

(돌아오길 바랍니다)

눈보라를 헤치고
대파 한 단을 사 들고
팔짱 끼고 가는 희망찬 연인처럼

시는 언제나
먼 훗날

(마음이 희미해져서)

속삭임
귀 기울이면 사라지고
펼쳐지며

(점점 선명하게 보이지 않는
사람)

둘은 행복하게 살았습니다

거제도

갈 수 있어서
가지 못하는 마음

가질 수 없어서
갖게 되는 섬

아내는
도움을 원한다

마음에
물안개가 가득해서

그 재미에
탐방을 시작하는 사람

남모르게 솟은 산이 있고
그 산의 둘레에는 맑은 물 흐르는 계곡

산노루와

치어 떼

약수와 무덤
그리고 무덤의 주인이 있다

자기 이름이 새겨진 묘비를 보면
인간은 놀라는가

누군가는 그것을 체험하는 전시를 연다
돈 내고 사진 찍으라고

형형색색의 네온으로
콘크리트 무덤을 꾸미고

안에서 밖은 보이지 않고
밖에서 안은 보이는

죽음을
아내는 심각하게 본다

아크릴 관에 누워
눈물 흘리는 관람객을

나도 저기 가면 저럴까
속을까 미련하게 속는 척할까

아내는
도움을 원한다

속수무책으로
마음이 무덤인 사람

마음에
행색이 남루한 귀신 하나 들어앉은 사람
화려한 조명 앞에서도

미간을 찌푸리고
사진 찍지 않는 사람

초대권으로 전시에 들른 사람
속으로 욕하려고

그런 사람도 죽는다
가루가 되고

자기 이름이 새겨진 묘비를 보면서
속에 있던 내가 겉이 되었구나

안도하며
전시장을 나와

둘레길을 걷고
산을 오른다

산정에서 새삼
섬에 와 있다는 사실을 깨치고

물안개가 자욱해서

눈에 뵈는 게 없으므로

기다린다
안개가 걷히고

찬란히 빛나는
검은 해가 뜨기를

뛰어내리려고
당신이 잠든 사이에

마음은 섬으로 가고
섬은 마음으로 오기도 해서

아내는
도움을 원한다

왜냐하면
도와줘야 하는 것들이

도움을 주지 않아서
헛살았기 싫어서

죽고 싶을 때마다
죽는 상상을 한다

섬에서는 누구나
체험하기를 원하므로

2부
종을 떠난
종소리

가정이 있는 삶

혼자 울 때는 작은 소리가 좋아요
들릴 듯 말 듯

(두 남자 이야기)

마음이 일렁이는 소리란

계절 속에서 우리는
깊이를 알 수 없어서

(손 잡을까요?)

혼자인 밤에
혼자 울려고 나왔다가
복개천을 걷고

행방이란 말을 언뜻 들은 듯
자꾸 뒤를 돌아보고

남들이 볼 때만 양팔을 씩씩하게 흔들며 가는
건강한 삶

(잡아요
끝까지)

가끔은 마음을 접어
보낸 적도 있지만

묘연하게도 답장을 기다렸다

그런 마음으로
봄을 힘차게

(걸을까요?)

알 수 없었다

이토록 얇은 마음에도 수심이 있어

빛이 산란하고

받아 적을 수 있었다

계절의 꽃잎을
갈래가 여럿이고
희미한

(아무도 없는데
누구나도 있는 듯 굴며)

다 울었으면 웃으며 집으로 가자

보폭은 넓게
두 팔을 힘차게 흔들며

(가요, 어서)

한 사람에 대한 나뭇잎

이라는 제목은
이소연 시인이 쓴 글을 보고 적은 것이다

그 글에는 한 사람이 등장하고
나뭇잎이 후두두 떨어져 내리지만
한 사람에 대한 나뭇잎은 쓰여 있지 않다

그 글은
10 · 29 참사를 몸으로 앓으면서 쓰였다

"나는 모든 일을 멈추고 낮달같이 몸져누웠다."

그 글은
세월호에서 돌아오지 못한 304명을 추모하기 위해
매달 마지막 주 토요일에 열리는 304낭독회 99번째 자
리에서 읽혔다

어제 대통령실에선
슬픔을 정치에 활용해선 안 된다는 말을 전했다

슬픔이 그 자체로 정치인데,
그렇지 않다면 어째서 수많은 시인이
슬픔을 시에 활용하겠는가

그 글에서 한 사람이 시인에게 묻는다

"시인이 생각하는 법이 궁금해요."

아마도 그 사람은
그 사람의 생각 속에서
시인은 후두두
떠오르지 않는 나뭇잎을 보면서
슬픔에 빠지는 사람이리니

그래서 나는
달력을 넘기다 말고
시간의 부드러운 융단에 떨어진
한 사람에
대한

나뭇잎을 주워 집으로 가면서
오래되었다고 넘겼다

사람처럼

어제 나는 한 사람과 대화를 나눴다

발이 땅에 닿지 않으면 끝난 거래요
태아 자세로 웅크려야 된대요
그거 봤어요
이태원 참사 사고 은마에서 또 터진다
진짜 쓰레기들 아니에요

물방울처럼

그 글에서 시인은
단 한 사람 잃을 준비도 하지 못하는
사람의 일에 대해 생각한다
시인의 머리에서 어깨에서

가슴에서, 저 끝에서
무릎에서 발등에서 떠오른 것이다

나뭇잎처럼

* 이소연 시인이 쓴 글은 2022년 11월 5일 자《한국경제》에서 확인할 수
있습니다.

사람의 시[*]

(왜 이렇게 조용할까?)

소리 없이
누가 너에게 묻는다면
나는 너의 대답을 기다릴 것이다
내가 말할 준비가 될 때까지

네가 곱게 물든 단풍을 보며 걷다가
마음을 찍기 위해
멈추어 선다면, 멀어진다면

(빛나지 않는 것들이 잠시 빛나게)

나는 너의 뒤에 서 있을 것이다
은행잎 여러 개를 주워 노란 다발을 만들기 위해
허리를 숙이며
네가 나를 지나쳐 가도록

그리고

지금부터 잠시 대놓고 메시지를 전하겠습니다.

여러분
오늘은 같이 슬퍼하지 맙시다.

슬픔이
혼자서 오열하도록
실신하도록 내버려 둡시다.

악에 받치도록 피가 끓어 디져 나오도록
절박하게 외치도록

그래야 듣지 않겠습니까?

선 채로
누운 채로
끼고 깔리고 물에 빠져
죽은 아이들을 영원히 잃어버리면서

(그래도 잡으라고 손을 내밀면서)

우리는 언제까지 살아남은 사람일 수 있을까요?

오늘은 4월 16일입니다.
오늘은 10월 29일입니다.

"사람들이 쓰러지고 있어요."

종결

"해밀턴 호텔 그 골목에 이마트24 있잖아요. 계속 밀려 올라오니까 압사당할 것 같아요. 지금 너무 소름 끼쳐요. 지금 아무도 통제 안 해요. 경찰이 좀 서서 통제해서······"

종결

"파악하기로는 이전과 비교했을 때 특별히 우려할 정도 로 많은 인파가 모였던 것은 아니다."

> **종결**

"통상과 달리 경찰이나 소방 인력이 미리 배치해 해결될 수 있었던 문제는 아니었던 것으로 파악하고 있다."

종결

"구청은 할 일을 다 했다."

종결

"송구하다."

종결

처리하지 마라 ── 사람의 말을
이어 갑니다(이후 계속 불쑥).

너에게

연약한 어깨가 필요하다면 어깨를 내어 줄게
잠든 너를 대신해
내려야 할 곳에서 내리고
그 역사의 의자에서 잠들어 있을게
네가 나를 흔들어 깨운다면
말해 줄게 내 꿈에 나왔던
눈동자가 맑은
뒷모습을

너는 책상 앞에 앉아 있고
모니터에는 가상의 소 떼와 초원이 펼쳐지고

당신이 마주하는 모든 이미지를 의심하라**

너는 평화로운 이미지
너는 네 삶을 한번도 의심하지 않았다

그럼, 내가 ── 나는 누구게?
해 주지

> 빚을 지고도 좁디좁은 주택에 사는 너는
  퇴근하고 집으로 돌아와
  씻고 밥 먹고 침대에 누워 핸드폰을 들여다보다가
  VR 고글을 쓰고
  본다
  돌아다닌다, 방랑은 아니야
  빌트인으로 채워져 걸림이 없는
  환하디환한, 비닐의 빛이며
  이상적인 배우자와 자식이 아름다운 거실에서 층간 소
음 걱정 없이 뛰고 뒹굴며 노니는
  가상 하우스
  업데이트 및 정기 구독료 별도
  인간의 생산량 증대를 위해 개발된 것

  (이 이야기를 하고 싶다)

  젖소들에게 보여 주던
  가상 들판을 발판 삼아***

너는 먼 곳을 생각할 것이다

마음속 바닷가 마을

그 마을에 가기 위해선

전날 짐을 챙겨 두어야 하고

새벽에 일어나야 하고 버스를 타야 하고

전철을 타야 하고 기차를 타야 하고

택시를 타야 한다

걸어서 타야 걸어서 타야 마침내 닿게 된다

밤새 울어도 괜찮은 그곳

등대의 불빛이 보이는

등대를 지키는 사람의 거룩하고 아름다운 사랑의 마음
을 노래할 수 있어 혼자여도 상관없는 그곳

(사라진 표정은 내일의 날씨가 되고)

혼자라는 생각이 들 때면

너보다 내가 먼저 혼자가 되어

너는 왜 우는가

어째서 울고 싶은가

오늘은 몇 월 며칠인가

너의 이미지를 고려해

현황을 보고하고 전망하고 기대할 것이다

네가 내일의 보고서를 위해 오늘의 보고서를 작성하고

기지개를 켜고 사내 메신저로

묻도록, 너에겐 묻지 못할 게 없으니까

점심 먹으러 갈까요?

그리고 너는 혼자 소화도 시킬 겸

아이스 아메리카노를 들고

조선시대의 정자가 있는 곳까지 걸어간다

네가 점심때마다

한강의 수려한 경치를 굽어보는 언덕 위에 자리한

선비들이 즐겨 찾던 명소에서

십 분씩 누워 있다 온다는 것을

아무도 모른다

그러므로 또 살아간다는 것을 나는 알아주려 한다

누구에게나

마음에 흰 보자기를 씌우고 싶은 날이 있지

감추고 싶어서가 아니라
아무나 풀어 줬으면 싶어서

너는 도대체 어떻게
나한테 이렇게까지 해 줄 수 있을까?

신호가 바뀌기를 기다리며
건널목 앞에 서서
네가 의문에 잠긴다면
나는 내 앞에 놓인 구리 동전을 줍지 않을 것이다
쨍그랑, 네가 동전 떨어지는 소리를 들을 수 있도록
그 소리를 주우며
너는 사랑할 수 있다 — 너를 생각하면 재수가 좋네
누군가 잃어버린 것에서
하찮다고 여겨지는 것에서
문을 발견하고 열고
예전에는 이것으로 자판기 커피를 나눠 마실 수도 있
었지
교복 마이가 언제나 헐렁해서 어딘가

반쯤은 멋스러워 보였던 아이와

그 아이의 파나소닉 CD플레이어는 무사할까

1년 내내 단 한 번도 바뀌지 않았다

돌아가고 또 돌아가고 또 돌아가며

나와 너는 묻지 않았다

언제까지

이 노래를

그 아이는 커서

어떤 봄날엔 이런 것을 떠올리는 사람이 되었을 것이다

그때, 그 추억의 떡볶이를 먹고 싶네

(그 봄, 가장 깊은 일)

교육부는 2014년 9월 16일에 '노란 리본 달기' 등 희생자를 추모하는 행동을 금지하는 공문을 각 시도교육청에 보냈다. 추모 행동이 미성숙한 학생들에게 편향된 시각을 심어 줄 우려가 있다는 이유에서였다. 서울의 한 중학교 2학년 학생은 "이태원 참사 전에도 촛불 집회가 있었고 2만 명가까이 모여도 사고가 없었는데, 정부의 잘못된 대응으로 이태원 참사가 발생한 부분을 덮고 정부 비판을 못 하게 하려고 새삼 (학생 안전을 핑계로) 집회 참석을 막으려는 것 같다"며 촛불 집회에 참석하고 싶다고 말했다.****

죽지 않았더라면

그럼, 너는 나에게 말해 줄 것이다
오랜만에 영스낵 갈까?

"주말 사이 일로 조심스러운 마음을 갖고 싶은 거라면 당연히 그래야 하고"

퇴근길 버스에서
네가 멀리에서 온 메시지를 확인할 때
그 노래가 흘러나온다
우연히, 중요한 거야
언제 어떻게 시작하고 언제 어떻게 끝이 나는지 너무 잘 아는 노래
그러나 한 번도 흥미를 잃지 않은 노래의 사람

내가 너의 옆자리에 앉게 된다
소리 없이
나는 너의 대답을 기다리고 나는 말할 준비가 됐다

(우리가 얼마나 가까이 있는지)

너는 내 어깨에 머리를 기대고 잠이 든다
내려야 할 곳에서 내리기 위해서

(옆에 있어 줄까?)

(조금만 더 여기 있다가 가요)

언젠가 304낭독회 오픈채팅방에 들어와 어묵 사진을 올리고 입에 담지 못할 말을 남기고 퇴장한 사람이 있었다

(우리 안에는 아직 아름다운 것들이 남아 있다)

너는 다른 세계의 하차 벨을 누르고

버스에서 내려

하모니 마트에 들려

자연 방사 유정란 10구와

밀떡 360g 사각 생선살 350g 깐 대파 250g 사 들고

가로등 아래 지나

나무 아래 지나

달 아래 지나

바닷가 마을을 향해 걷는다

느끼면서

누군가가 어떤 이의 목소리가

기타 소리가 나를 따라오고 있어

너의 집에서 너를 기다리는 사람을

나도 기다렸다

기억의 문지기

가장 뜨거운 별자리를 튕기는 악사

맨발로 기쁨을 신는 마라토너

솜사탕이나 비눗방울로 슬픔을 그리는 화가

간장 떡볶이를 좋아하는

세탁기와 청소기를 돌리고 설거지하는

빨래를 개고 음식물 쓰레기를 버리고 컵을 정리하는
찾으려면 없는 책을 찾아 읽고
서너 번 봤는데도 볼 때마다 영화를 새로이 여기는
눈을 질끈 감으면서도 뉴스를 보는 사람

10월 29일
'112 신고 전문 공개'에 달린 댓글*****

"오후 6시부터 저렇게 미리 막을 수 있는 기회가 저렇게나 많았음에도 정말 소름 끼친다. 그러면서도 국민들 촛불 들까 무서워서, 촛불 시위 평계 대며 인력이 없었다는 등 거짓말까지. 이번 주 촛불 집회에서 국민들의 분노가 그대로 담겨지길."

"제발 해당 주무장관과 경찰책임자, 서울시장, 용산구청 장쯤은 책임지고 사퇴해야 하지 않나요."

"첫 번째 신고자가 정확하게 신고하고 통제 부탁했는데…… 거기서 참사 발생…… 참담하다."

> "어떻게 이런 신고를 받고도 아무것도 안 할 수가 있는 건가요!!!!!!"

"사고 대략 4시간 전부터 모든 신고가 너무 정확해요. 압사란 표현과 위치까지. 인력을 배치하기에 충분한 시간 아니었을까요? 너무 안타깝습니다. 너무너무."

"진짜 눈물이 나네요ㅠㅠ. 시민들 신고로 수많은 생명을 지킬 수 있는 기회가 저렇게 많았음에도ㅠㅠㅠ 뉴스 보니 참사 발생 한참 후에는 갑자기 경찰들이 쏟아져 나와서 통제하던데 왜 사전에 미리 못했나요? 왜 신고라도 받고 나서라도 추가 투입은 못 했나요 왜……"

"이 통화 내용이 사실이라면 인재 맞다."

"저 정도면 경찰이 방치한 거다. 일벌백계를 정부까지 해야 한다. 제2의 세월호 사고보다 더 위험천만하다."

"공개만 11건이지 저게 전부가 아닐걸."

> "이렇게 많은 국민들이 신고하고 또 하고 제보하고 했는데, 죽겠다고 빨리빨리 도움을 청했는데. 너무 미흡한 처사. 이렇게 미흡하게. 언제쯤 안전한 나라 믿을 수 있을까요?"

"말단 경찰 말고 두목이 책임저라."

"ㅠㅜ 신고가 이렇게 빨리 되었는데…… 정말 도대체 뭔가요…… 아…… 112 국가 시스템 믿을 수 있습니까……"

"아 절망스럽다. 사전 대비, 현장대응, 사후 정부 대처 모두가."

"주최하는 기관이 있는 행사에 참가하면 대한민국 국민이고, 주최하는 기관이 없는데 참가하면 대한민국 국민이 아닌 건가? 국민 보호하라고 세금 내는 거고, 그 돈으로 당신들 급여 받는 거 다시 한번 새겨라. 당신들 책임 면피하려고 애꿎은 마녀사냥 논점 흐리기 그만하고, 대통령부터 정식 사과하고 관련 부처장들 모두 경질시켜라!"

"일선 이태원 경찰들이 지원을 요청했고, 시민들도 112에
4시간 전부터 신고했는데 결국은 참사가 일어났다. 높으신
분들이 일선 경찰의 의견을 묵살하여 막을 수 있는 마지
막 기회를 놓쳤다. 책임 안 지려고 추모하고 사과만 한다.
경찰 지원만 있어도 막을 수 있는 인재였다."

"부작위범(국민을 보호해야 할 의무가 있는데 하지 않은 범
죄)으로 경찰총장, 총리, 서울시장, 용산구청장, 행안부장
관 처벌받아야 한다."

"보고 지금 통곡 중이다."

"살릴 수 있었잖아."

"무책임한 정부가 참사를 사건으로 인지. 처음부터 법
적 책임회피. 희생자 대신 사망자로 쓰고. 참사를 사고라
하네. 축제가 아닌 현상이고. 주최 측 없는. 제도의 미비.

모두의 책임. 세계에서 가장 낮은 지지율로 국정 운영하는 정부라고 세계에 인증하는. 슬픈 대한민국 부끄러운 대한민국을 만드는 윤 정부."

"기가 막힌다. 대한민국 행정부가 이 정도였다니…… 초기 조치만 했어도 수많은 젊은이들이 그리 허망하게 가지 않을 것을……"

"눈물 난다. 이렇게 여러 사람이 간절하고 급박하게 위험을 알리면서 도움을 요청했는데. 압사란 말도 여러 번. 사람들이 죽을 것 같다, 다쳤다, 쓰러졌다, 넘어진다며 출동을 부탁했는데…… 참사를 막을 수 있었는데……"

"도대체 이 많은 신고를 묵살한 경찰. 정말 총체적 난국이다. 이건 정부가 아니라 무정부 상태다. 사과로 끝날 일 아니네."

"각자 잘 알아서 삽시다ㅠㅠ"

"156명의 참사가 일어났는데도 누구 하나 책임지는 사람이 없다니~ 이게 나라냐?"

"국민의 안전은 국가의 기본적인 책무이다."

그 사람은 살아남은 사람이다
너를 대신해서가 아니라
너라는 사실로
나는 주택으로 들어가
가방과 장바구니를 내려놓고
옷 벗고 씻고 잠옷 입고
요리한다
분홍 소시지에 계란 물을 입혀 굽고 김치를 꺼내고
햇반을 돌려
먹는다 주말에 해 먹을 떡볶이를 생각하면서
핸드폰을 들고 침대에 눕는다
안대를 끼고 꿈꾼다
그 집에서 우리는 잠이 든다,
다시 아침을 맞는다

기상 알람이 울린다

7시

7시 10분

7시 25분

7시 30분

7시 35분

출근길에 비상 사이렌을 울리며 지나가는 구급차를 보면

침을 뱉으라고 나에게 말해 주었던 사람

간밤의 등대지기를 생각한다

왜 우는가

어째서 울고 싶은가

왠지 바닷가 마을에

혼자 두고 온 것 같은

반쯤 헐렁한 사람

그런

슬픔이 되어 가는 건 왜 이렇게 조용할까?

이쯤에서 이 긴 시를 끝낼 수 있다

그러나

> 이후 계속 불쑥

이 긴 사람을 언제까지 읽어야 할까?

너를 보면서
나는 한 번도 생각하지 않았다

(사람이 되어 가는 건)

* 이 시의 괄호에는 304낭독회 제목으로 쓰인 문장이 포함되어 있습니다.
** 셰퍼드 페어리의 전시, 「행동하라! — Eyes Open, Minds open」에서 빌려 왔습니다.
*** 성다영 시인의 '가상 들판'은 시집 『스킨 스카이』(봄날의 책, 2022)에서 볼 수 있습니다.
**** 2022년 11월 3일 《한겨레》 신문에서 빌려 왔고 원문과 다른 부분이 있습니다.
***** 2022년 11월 3일 《시사 IN》 기사에서 빌려 왔습니다.

아이콘

2030년에 지구 망한대
아니 2040년

놀랍게도 두 사람은
수십 년을 모르고 지내다가
부부가 되어
가정에 충실하다

서로에게 병을 옮기며

유부초밥을 먹고
라면 국물을 마시는 이들의 대화 속에
콩알만 한 생명도 들어 있다
망할 때가 되면 아홉 살이나 열아홉 살

9와 19 사이에
인생을 송 송송 썰어 넣으면
탁 풀리는 것도
부글부글 끓는 것도 많겠지만

국물이 끝내주는 건

아이는 커서
인류의 마지막 희망이 되어
생명을 구한다
그 자신은 명을 다하고

인류애의 결말은
아, 시원하다

그래서 대한민국에서 특별한 건 안 좋은 거야
그저 무난하게
보통 사람으로 사는 게 좋지
하나 남은 유부초밥을 먹지 않고
두고 보는 것처럼
그래도 우리는
결혼도 해 보고 애도 가져 보고 여한이 없다
애가 생겨도 이런 때에 생기냐
(군부는 학살을 멈춰라)

단무지 씹는 사람과

손가락 두 개를 접고 세 개를 펼치며

피스, 끝이 다가오는데

안에서 안으로

작은 생명을 키우는 희망적인 사람

이거, 나눠 먹을까

(5·18민주화운동은 이제

독재에 대한 저항과 민주화를 대변하는 세계적인 아이콘이

되고 있습니다)

초친 음식을 반으로 가르다

다 망쳐 버려서

혼자 와장창 먹게 되는 줄도 모르고

크다

(다음은 코로나19 소식입니다)

보통 희망이라는 말은

이런 때에 잘 쓰지 않지만

사람이 되어 가는 건
왜 이렇게 조용할까

조용우
시인의 시를 읽은 건 예전이고
시인의 이름에 대해 생각해 본 건 최근이다

시간은 시와 닮았다
(시가 시간의 흐름을 닮은 것이라고 해도 되겠고)

시 「마트료시카」를 읽은 건
일흔 번째 304낭독회 책자를 만들면서다

그 시에서 나는
각기 다른 정류장에서
독자를 기다리던 두 구절을 불러 모아
낭독회 이름을 지었다

사람이 되어 가는 건 왜 이렇게 조용할까

시인도 그렇게 생각하는지 물어보지 않았다

시는 시인도 모르게

어쩌면 시인도 풀 수 없는

수수께끼를 만들어 낸다

(어쩌면 시 자신도 풀 수 없는) 그래서

시가 시를 쓴다는 말을 들으면

고개를 끄덕이게 되기도 하는 것이다

시인들만 그러는 것은 아니다

(아니지?)

2020년 7월 25일

코로나19가 재유행하면서

완벽한 날들에서 열리기로 예정됐던 304낭독회는 온라

인으로 진행됐다

막이라고도

겹이라고도

벽이라고도

문이라고도 할 수 있는
화면을 사이에 두고
우리는 마주 앉아 한 목소리로 말했다

오늘은 4월 16일입니다
2293번째 4월 16일입니다

분명 그렇다고는 할 수 없지만
분명 그런 이유로
인류는
4월 16일 이후 알게 되었다

가만히 있으면 죽는다

사람은 조용히

사람이
사람이 되어 간다는 것은 어떤 뜻의 연속일까
수수께끼 풀듯

인형 안에서 인형이 나오듯

조용한 비로는 어쩔 수 없어서
시끄럽고 사나운 빗속에 서서 슬픔에 주먹질하던
사람을
떠올린다, 들리지 않게 아파하는 거
그런 것이 몸에 좋다
말없이 풍경이 되어 가는
사람을 자주 본다, 눈 감고
아침마다

거울 속에
그 사람은 마트료시카처럼 감추고 있다
그 사람의 안에는 아내가 들어 있다
(아내는 흐르는 상태다)
그 아내의 안에도 아내가 들어 섰다
(아내를 눈물로 볼 필요는 없다)
그 아내에게도 할 말이 분명히
그 사람이 거울에 대고 말하듯이

시가 시인을 닮듯 시인도 시를 닮아서
언젠가부터 나는
자연스레 시가 아니라 시인을 의심한다

시인이란 사람이
아침 공복에 미지근한 물을 챙겨 마시는지
캐러멜을 호주머니에 넣어 다니는지
살의와 살기로 커피를 쏟는지
장거리 이동 시 목베개를 쓰는지
고금리 예금 상품을 보유 중인지
귀신이면서 귀신인 척하는지
(어떻게 알았어?)
사람도 아니면서 사람인 양 구는지
(엉덩일 흔들어 봐)

이를테면 한밤
죽상을 하고 근린공원 벤치에 앉아
주룩주룩 비 맞으며
혼자 배드민턴을 치는

지붕으로 셔틀콕을 올려 보내고 나서야 마음을 접는
그 울음에는 이유가 없다
살아 있다는 것 말고는

이 세상에서 가장 슬픈 사람은
시인이면서 슬픈 사람
이라고 생각하는 시인이다

조용우 시인은
지기 이름을 이렇게 생각할까?

물어보지 못했다
기업인 조용우와
하느님의 세계 조용우도
조용우의 삶을 살고 있다

오늘날의 우리는
사람보다 AI 챗봇에게 더 편히 묻는다

이름은 어떤 기분일까?

세월호에 돌아오지 못한 304명의 이름을 발음해 본 적이 있다

(당신은?)

내 이름은 거기 없다

그런 걸 다행이라고 하는 건

이름에 못 할 짓이지만

이름은 누군가가 진심을 담아 한 사람에게 건넨 최초의 언어이기 때문에

그것은 시다

내 이름 현은

빛날 현으로 주로 쓰이지만 나는 밝을 현을 좋아한다

빛난다고 해서 밝지 않고 밝다고 해서 빛나는 것이 아니라 해도

사람이 되어 간다는 건 이름이 되어 간다는 것이다
그러니까 이름이 되어 가는 건 왜 이렇게 조용할까?

그가 필요로 할 때
아마도 불러 주지 않기 때문이다

회개하는 얼굴로 죄를 짓고
죄를 짓는 얼굴로 회개하고

사람이 꿈에 나왔다
놀라운 사실이 아닌데도
놀랍고

씻지 않고
회개하지 않고
깨끗한 사람

회개처럼 쉬운 것도 없는데
부드러워서 소화가 빠른 회개 한 모
(미꾸라지를 담은 솥에 물을 붓고 불을 지핀 다음
차가운 두부를 넣으면
미꾸라지들은 그 열 길 속으로 파고 들어가
죽는다)

그걸 썰어 지진 후에
탕으로 끓여 먹으면
사람의 속은 뜨겁고

말하게 된다

진하다

(다음은 실제와 상관있는 이야기다. 나와 남성들은 같은 부
대에서 생활했다. 남성들이 제대할 때까지 신랑각시놀음을 함
께했는데 누구에게도 들키지 않아서 나와 남성들은 군형법상
추행죄를 면했다.)

진해

너한테 이런 소릴 하는 게 조금 조심스러운데
(그럼 하지 마)
사람은 누구나 죄를 짓고 회개하고 새 삶을 사는 거야

여보 자기야 좋아
좋아 죽어

잠에서 깨어 거울을 보면 형체만이 남아 있었다 지독
한 냄새 빨아도 빨아도 빠지지 않는 악마란 인간의 얼룩

이구나 쌔임섹스 하는 변태들아 지옥에나 가라 지옥에 가
서 트워킹(사랑의 떨림!)으로 사탄을 보좌에서 내몰고 킹
오브 너 킹으로 거듭나는 흑인 게이 랩퍼가 트위터에 가
라고 해서 갔는데 무슨 문제 있니 적어 놓은 걸 보며 젊음
이 좋다 미래여 불태워라 환난의 시대에 인내하는 자만이
하나님의 부름을 받나니 인문을 먹었다 목사님 말씀대로
회개는 인간의 찌꺼기니까 썻고 무선 조종 바이브를 애널
에 꽂고 의복을 갖춘 후에 향수를 뿌렸다 깨끗한 냄새를
감추기 위해 교회에 가서 기도했다 진동했다 그렇게 유니
버스가 유지되고

  시에 속지 마
  시를 속여야지

  다 보여
  자기만 못 보는 거지

  어제는 생판 모르는
  이 세상에 존재하지 않는 이의 말을 듣고

지렸다

보셨나요
(충성!
그리운 서방님)

사라지는 걸 지켜봤다

내가 나를 속이고
내가 나한테 속아서
파고드는

러브 포엠 읽기

꿈자리에 돗자리를 펴고 앉아
불 위에 솥을 올리고
장국을 끓이다가
두부를 통째 넣고
미꾸라지 풀 듯

(러브 포엠 쓰기)

내가 나를 상대로 불리할 적에
두 손을 정수리에 꽂아 만드는
마음으로

(이성애자들에겐 없는
퀴어 하트
약간 큐티 파워 느낌으로)

시에 애를 적으면 애를 면하고
그런 생각으로

(핑클의 이진 같은 친구를 서브 여주로 해서
이성애자들이 좋아하는)

Y와 나는
6사단에서 의무 복무했다

사람들은 Y를
악마 새끼라고 불렀다
새끼 악마라고 했다면
더 귀여웠을 새끼인데

그래도 우리는 서방님과 각시
남몰래
청사초롱이 걸린 민속주점인 양
그런 분위기인 양
물고 빨고 하면서

군형법상 추행죄는 몰랐다

(삶을 다시 쓴
시를 보면 괜히
인민과는 거리가 멀다
인민의 삶 느끼고파 알고파
이성애자들에게 타전했다

― 봄의 신록은 아름답겠죠?
― 해피 러브

퀴어 갱년기 무엇?)

Y는 돈을 떼먹고 제대하고
몸 주고
마음 주고
돈도 주고
손수건으로 눈물 찍는
상병 물호봉
쌍팔년도 퀴어 재질
똥을 싸라, 진짜

벗에게 욕을 먹고
네가 나한테 먹인 애를 생각해라
울었네 너도
알지 바이로서 우리 이별
막걸리에 머리카락 적시며

정신 차려 보니
민간인 아저씨와
가상 현실에서 회포를 풀고 있네

(리얼을 감당할 수 없어요)

돈 내놔, 새끼야
생고기 김치찌개를 주문하면 달걀부침과 밥이 딸려 나
오는 맛집
돼지, 우리

> 세상에 웃겨 죽이는 작명으로 먹고사는 이가 있고
세상에 팬티와 브라만 걸치고 이케아 가구를 조립하는
오피스 누나도 있다
세상에 그걸 또 봐요
세상은 그게 돈이 된다
세상에 인간의 대화가 어쩌다가

(회개하는 얼굴로 죄를 짓고 죄를 짓는 얼굴로 회개하고)

시에도 맛이 있다면
그런 생각으로

길을 걸으며
걷는 사람을 보고
산책이란 생각보다 대단한 일이지

행인이 없는 곳에서

이성애자의 생각을 생각하면

시란 인민의 삶을 담는 것으로

(퀴어의 삶을 쓰고자 하면
오래 입어 무릎이 나온 문장을 쓸 수 있습니다만

어제 또 한 명의 노동자가 목숨을 잃었습니다

어때?)

돼지우리에서 나와
우리는 '촉감 텐트'로 향했다

촉감 텐트는
와일드의 3D 프리미엄 서비스로써

손을 내밀면
손을 내밀어

청사초롱이 걸린 신방인 양

＞ 시도 쓰리썸을 한다면
그런 생각으로

미래 유령
미끄럼 주의
계단을 오르내리면서
노동과 시에 관해 썼다

(또 그 성 소수자 얘기?
아니, 노동자가 주인 되는 세상)

그 노동자에 쎄임섹스 포함되어 있음

Y와 나는
촉감을 사용하기 위해
매월 만삼천 원을 지급하고

— 그래서 딸아들 낳고 잘 사십니까?
— 저는 일하고 사랑하며 살지 말입니다.

네이처 인민 스토리
곧 퀴어의 삶

그런 생각으로
사람 구실하며

시에 현실이 있니?
걷다가 생각나는
그런 사랑
그 순간
가상 세계에 돗자리 펴고 앉아
숨죽여 시 쓰기
대략 너에게 느낌으로

("우리 이제 뭐 할까요?")

앙팡 테리블

실질적인 심벌을 발기하고 싶어
옛날에는 이런 말을 시에 썼더라
고통
밝게
주먹을 좀 깊숙이 쑤셔 넣어 주실래요

밤마다
개굴개굴 울지요

연기처럼

안개처럼

연못처럼

도둑처럼

물건처럼

커튼처럼

벽돌처럼

넝쿨처럼

신부처럼

호모처럼

권총처럼
담배처럼
자살처럼
유령처럼

당신을 숭배합니다
과녁처럼

들창코
사시
머리는 장식으로 달고 다니고
고백할래요

우리 잠깐 죽자

백은선의 「목화」 읽어 봤어?
존나 좋아

너를 보고 있는데도

너는 말한다

누굴 보는 거야

사랑은

한겨울이었다

허약하고 겁이 많은 소년은 우두머리를

(냄새 맡을까?)

눈덩이 맞은 소년을

소년은 광으로 데려간다

잠깐 자자

역사에 남기 위해

마파람에 돼지 불알 놀 듯

떨리는 사람이 되기로 해

준비

조준

사격

소비자로서

임차인으로서

흙수저로서 애간장을 녹입니다

떡에 일희일비하지 말고

다 청산당하길

마포대교는 죄가 없고

부르주아 호주머니에 구멍 내고

부의 재분배를 지지합니다

이런 식의 그림은

백인들이 만드는

넷플릭스 오리지널로도 충분하니까

심지어 잭 스나이더의 「아미 오브 더 데드」 봤는데

진심 좋았음

너는 드라마가 안 되는데 왜 자꾸 드라마를 건드니

사는 게 드라마잖아

서울 00시 기준 신규 확진자 208명 발생

젠더 갈등 심화

(하다 하다 생각해. 그래 계속 싸워 봐, 너희들도 당해 봐.

이성애 와해 전략)

2030세대 남성 표심 잡기

이준석 돌풍

물갈이 배앓이 설사
복부에 기름 좀 봐라
허경영이 더는 코미디가 아닌 세계 오고
비명을 들어야겠습니다

개굴개굴 탕탕탕

(울음이 가랑이를 찢고) 잘 잤어?
자기야 어제 내가 죽은 듯이 자면서
꿈꿨거든
선태랑 민혁이 알지?
누구?
우리가 죽인 개독들 있잖아
한둘인가
여튼 꿈에서 내가 선태한테 넣고 민혁이가 나한테 넣었어
왜?
생생하니까
인류애 무엇
웃자 웃자

찢어진 데 연고 발라 줄까?

꿈은

인민이 혁명의 주체다

문화 혁명을 우습게 보기 전에, 라는 대사가 기억난다

팀킬

선태가 그랬나 민혁이가 그랬나

헐의 혈을 뚫고

어제는 이런 말을 시에 썼더라

은선아

혜정 언니가 남편에게 말했대

너 같은 건 쏴 죽이는 것도 아깝다 때려죽여야지

등짝부터

백두대간까지

고래고래 소리소리 지르며

자축하며

(슬픈 땐 불알 까기)

정신의 변이 묻어나오지 않게 하려면
기술 들어갑니다

그 집 뒷마당에 보면
작은 광이 하나 있는데
매일 밤 지푸라기 같은 웃음이 들린대
그게 뭐겠니?

쉽게 쓴 시

시인이라면
(하고 운을 떼는 이가 옛날에는 많았다
지금도 술에 취하면 옛 시절 그리워 징징대다가
시를 쉽게 쓰지 말자며 웃는 이가
어렵게 쓴 시를 보면)
고비사막에는 꼭 한 번 다녀와야 한다고 해서
구글 지도를 열어
보았다
땅이네
별점은 3.9
리뷰는 1222개
리뷰의 핵심어
죽음, 낙타, 별, 눈, 선인장
열, 맛, 능력, 관광 가이드
고비사막에 다녀오면
누구나
죽음에 관하여 생각하고
낙타와 별과 눈과 선인장을 떠올리는군
믿거(믿고 거른다의 줄임말 요즘도 쓰니?)

시의 기준 삼고

뒤로 가기 버튼을 누르면

합정역 망원역 마포구청역

음식점 호텔 관광명소 대중교통 주차 약국 ATM

인간사

시인이라면

꼭 한 번 인간사에서 벗어나 땅을 보러 간다

꿈도 그중 하나

삶의 평수가 꿈의 평수라고 하는 사람도 있고

그런 사람

운정 신도시에 분양받아 산다

꿈꾸며

시 쓰며

그런 사람도 있다는 걸 알아서

가평역 인근 분양 정보를 찾아보는 사람이 쓰는 시에는

집사람이 나오고

집사람은 남에게 자기 아내를 겸손하게 이르는 말

아내는 결혼하여 남자와 짝을 이룬 여자

요즘은 남자와 짝을 이룬 남자

집사람도 많고

그런 집사람의 취미가 분양 지도 보기

시 위에 지도를 펼치고

사막, 선인장, 낙타, 별, 눈

점을 찍고

그 점을 가로 세로로 이으면

그게 시 된다

지금처럼

가야 할 곳을 앞에 두고

돌아간다

지도를 쉽게 보는 시인을 몇 보지 못했다

드론이 시에 미친
영향에 관하여 서술하시오

순록의 태풍을 보았다

러시아에서 일어난 일
하늘에 드론을 띄우고

사는 이유는 기억할 필요가 없는데
대체로 이유를 쓴다
살아 보니 남는 게
별게 없거든

알지 못하는데도 아는 것처럼
목매지 않음 다행

돌아 버리겠다고 그렇게 말했는데도
돌아 버렸다는 사실 대신
삶을 전개함
(것도 내가 아니라 네가)
쇳덩이에 깔리고 끼고 쓰러지고

불타오르네

다 죽어 나가는 마당에

알빠야 쓰레빠야

떡상이냐 떡락이냐

높은 곳에서 보면

모두 그럴싸하게 보이는 건

신의 시선을 경험하기 때문

이라고 말할 뻔했네

그건 떨어져 죽을 때 보게 되는 건데

신은 내려다보지 않거든

멀어져야 보인다

순록 떼가 원을 그리며 빠르게

이건 옛날 시 되고

오늘 시 된 건

러시아의 네오나치들은 성 소수자 청소년들을 납치한
뒤 폭행하고 오줌을 뿌리고 피해자들을 더욱 모욕하기 위
해 그 영상을 유튜브에 올린다
하늘에 드론을 띄워 촬영한

착시를 보았다
생존에 관해서

이미 죽음
(미리 죽음인가?)

차별금지법 제정을 위한 국민 동의 청원이 마침내 10만
명을 채웠다
한국에서 일어난 일이다

순록은 못 보고
순록을 보았다는 믿음만으로 쓰면
묻게 된다

저기, 자기야

자기에게 실물이란?

실물 인간

뱀의 허물을 본 적 없다
(본 사람?)
그런데도 허물을 헤아릴 줄 알고

실체 없이

그해 겨울
당신과 나
안경이나 열쇠
KF94 마스크
노래 따위를 어디에 두었는지
기억하지 못하고
이웃의 생노병사를 염려하면서
(STOP HATE AGAINST
WE ARE ALL HUMANOID
BLACKS
ASIANS
EVERYBODY)
가정에 충실했다

이럴 때 이성애자들은 꼭 아이를 잃거나 얻지만
깨닫지만
물이 끓어 넘치는 걸 제때 막고
슬픔이 범람하는데 하필
설탕이 떨어졌다
창밖으로

거침없이 쏟아지면 뭐든
(삶도 포함됨)
가짜 같고

가짜 눈을 본 적 없다
가짜의 실물 본 사람?

자신이 벗어 놓은 허물에서 길을 잃고
빙빙 도는

당신과 끝내
허물에서 벗어난 뱀을 보았다

황당 영상이라고 불리는

한번 보기 시작하면
끝을 보게 되는

매끈하고 탱탱한
영혼의 현신

우리가 꿈꾸는
(가 본 적 없단 말)
실물 세계

뱀이 허물을 벗는 데는 이유가 있고
그 생리는 수없이 비유에 이르지만

뱀이 아니라
뱀의 허물
그 끝을 본 사람?

나는 보았다
당신의 유리알 눈동자가 바라보던

눈
빛

말띠 여자

몇 명 안다
만난 적도 있고

지난해인가
그 말띠 여자에게 연이어 기쁜 일이 생겼다

죽도록 미워했던 사람이 죽었고
상패와 상금을 받았다

나쁜 일도 생겼다

남편이 사람을 죽였고
살아 있다는 게 뭘까

그 여자는 그 길흉을
말년의 복이라고 명하며 시상식 뒷풀이 자리에서
쏘맥을 연거푸 마셨다
말기도 했다

그 말띠 여자가 마는 쏘맥에는
적당히랄게 없었다

소주도 콸콸
맥주도 콸콸

마실 때도 콸콸 열 잔쯤인가
열한 잔쯤인가 하여간
인생의 언저리에서 콸콸 울음을 쏟았다

마음이 시끌벅적하게 젖는데 닦아 주는 것들이 없다면서
콸콸콸 웃었다
말발굽 소리로 자지러졌다

눈길이었다
미끄러졌다기보다는 미끄러웠다
그 여자를 일으켜 세운 자리에
영롱한 것이 떨어져
녹고 있었다

누군가는 그것을 이렇게 길게 길게 누빌 것이다

　집으로 가기엔
　너무 늦었잖아요

　그리하여 말띠 여자가 주도하는
　겨울 술자리는 계속됐다

　뒤에서 은근히 수근거렸다
　그 예뻤던 코에 무슨 짓을 한 거야
　매부리코가 됐네
　자연스럽게 무너지는 아름다움
　상 같은 거 후배들에게 양보도 하고

　그런데도 그 말띠 여자는
　학생이었고 직장인이었으며 아내였고 며느리였고 엄마
였고 할머니였으며 누군가에게는 죽일 년이었고 예술가였
다는 레퍼토리 대신
　어째서 그 연놈들을 죽도록 미워했는지

별 얘기를 다 들려줬다

한밤에

술에 취해

도로에 뻗은

사람을

못 본 거야

남편이

나라고

봤겠어

여덟 개의 에피소드 끝에 그 여자는 꿈을 꾸네

내가 역마살이 있어서

새파란 초원은 시즌 2에 시작된다

인생도 시즌제라면 얼마나 좋을까!

말띠 여자는 휘영청

택시를 잡아

탔다

시커멓게 사라지는
그 컴컴한 여자를 보고 있는데,
그렇게 시원할 수가 없었다

집에 가! 집에!

말띠 여자는 창문을 열고
만 원짜리 몇 장을 날렸다

박력 보소

너나 할 것 없이
웃으며 뛰어가서
그걸 주우려고
콸콸콸
미끄러졌다
들키기로 했다

울다가 웃으면,

말띠 여자의 화두란다

그만 좀 흔들어라, 자식아
세울 건 세우고 살자, 우리

눈길 위에 주저앉아
우는 말을 들었다

그날 저녁 연옥은

어디든 가고 싶어서
가야지 하고 보면
남들 다 가는
금수강산

호박엿 장수가
8090히트팝을 틀어 놓고
(셀린 디온의 마이 하트 윌 고 온 나옴)
가위 흔드는

산에는 늙은 멧돼지
(죽은 멧돼지 이미지 삽입)
멧돼지도 죽기 전에
아이고 스님
한 번 들어가서 날뛰는 절간
절간에는 스님 고기 먹는 어린 스님 그런 스님도 스님이
랍시고
염불을 외고 그런 스님에게도 구원을 원하는
중생이여!

〉 그런 중생의

죽음이랄까 뭐 그런 비슷한 것이

휘청휘청 나부끼는 아침

(바람 소리 삽입) 휘파람 불며

둥둥 떠가는

잠시 가만히 지켜보시죠

(한편, 지금, 이 순간, 다방에는 나란히 앉아 김난도의 『트렌드 2022』를 읽고 있는 어린 연인. 필기까지 하면서. 웃으면서. "이 사람도 옛날 사람." "왜?" "요즘 사람들이라는 단어를 자꾸 쓰잖아.")

떠돌다가

해 뜨는 강가에 앉네

한때 요즘 사람이었던 이

가까이 있을 땐 한 번도 돌아보지 않더니

애련하게

멀리멀리 가서 돌아보는

강에는

입질하는 붕어

밤새 붕어 잡은 사람

뜬눈으로 사는 어려움은 다들 알 테고

너나 나나(어린 연인도)

알 턱이 없는 건 그렇게 없이

어렵게 살아도 나중엔 남는 건

염원뿐

귤이나 까라 야 이 십장생아

시베리아야 에라 이 쌍화차야

염원이 지나쳐서

속이 훤히 보이는 사람

(천국과 지옥 사이에 있으며

영혼들이 존재한다고 믿는 장소 삽입)

죽은 이를 긍휼하면서

염병 속병이 나서

붕어를 고아서 잡수신

중생의 적막강산

어디든 절간이다

스님, 배를 따고 싶은 연놈들이 몇 있는데
잠시 가만히 지켜보시죠 ──
달궈진 무쇠 솥뚜껑에 삼겹살을 올리며
(산 멧돼지와 거니는 중생 이미지 삽입)

고기 굽는 스님을 보면서
"트렌드 하네요."

거기 있었다

물의 호흡으로

(어디 갔다가 이제 와!
이렇게)

그려진 그림을 보면
물 흐르듯

아이의 손발이 따뜻해지면
잠이 온다는 뜻입니다

물소리

잠든 아이를 보면
나도 모르게 그만,
눈물이 난다고 하는 사람이
있었습니다

생의 한가운데쯤

그때는 아이가 사라질 줄 모르고

이제는 나타날지도 모른다는 생각이 들어서
세상 모든 문이
열릴 때마다
놀라는

엎질러진 이야기는
엎드려서 보게 되고

꿈을 대신 꾸듯이
(잠시, 실례해도 되겠습니까?)

아이는 크고
계속 크면서
영혼의 단짝들이 생기고
이름을 붙여 줍니다
그 모든 게
단 하나인 줄 모르고
대화하고 웃고
까불고 뒹굴고 놀리다가

아이는 현실 단짝이 생겨서
영혼 세계를 잊고
손발이 따뜻해져도
잠들려 하지 않고
어른스럽게
물을 그리지 못합니다
(물 흐르듯
다 늙어서
인생을 되돌아보면서
만약……)

하루 한 번 울던 사람이
하루에도 열두 번씩 울어서
울음을
잃어버린 시간을 바라다보면

(아이는 혼을 떠나
문 앞에 섭니다
누군가 깜짝 놀라는 이가 있으면

그 사람에게 달라붙으려고)

정말 먼 곳이 아니라
정말 가까운 곳에서 범람한다

만약 너희들에게
내가 만약

물을
물로서

흐르고 흐르게 두고

그린 그림을 보면
매일 밤 거기
문이랄까
앞에 서서
고개를 숙였다 올렸다 하며
아는 척하려는

한 사람이
호흡한다

(찰싹
달라붙는다)

슬픔의 굿판

벌어진다 어디
그냥 한복판
그 복판에 있는 사시나무
그 나무 위에 있는 혼
떨리는 혼의 넋

(넋 놓고 있네 또)

지나간다 붙잡을까
붙잡지 못할 걸 보면서

자기야, 붙잡은 거 같지?
하며 슬쩍 웃어 주면
그 어떤 삶도 통쾌해지고
바라보게 된다 지그시 누르면서 어디
명치 아래 깊은
곳, 곳간 같은
곳간에서 혼자 울어 본 사람은 알지
아무도 없다

의미도 없고
(어디로 갔을까)

어제 사귄 사람의 별명은
퀵퀵이라네
손이 빨라서 일도 잘하고 말도 잘하고 무엇보다
자기에게 잘한다네
학자금 대출을 상환하고
근로 계약서를 쓰고
전세 자금 대출 서류를 챙기고
결혼식은 못 가도 장례식은 간다
시간 외 근로 수당 대신 보상 휴가로 일과 삶의 균형을
유지하고
무너진다
그러게 너무 잘하지 말고 그냥 잘했어야지

(저기 있네
그가 손가락으로 가리킨 곳은
지나간 푸른 창공

있었는데 없네
넋 챙겨 가자)

칼 물고 길 떠난 이를 만나거든
가서 말해 주세요
칼 버려 칼

옛 만화에선가
한밤 변소에서 칼 물고 거울을 보면
미래의 배우자가 보인다 하여
그걸 해 보는 애가 나왔는데
그걸 보고
따라 해 본 게
나란 사람 너란 사람
하하하 웃게 되네
그땐 믿었다
허무맹랑을 굳게
지금은
믿을 게 없어서 그런 걸 믿니 하며

코로나19 긴급 지원 대상이라는
스팸 문자를 눌러 보고
속았네 늙었네 부모에게 전화하네
속을까 봐
이미 속았는데 더 속을까 봐
넘어갈까 봐
속일까 봐 부모를
삶의 의미를 찾아 길 떠나는 방랑자 코스프레

(뜨끔하지, 자기도)

곳간에서 인심 난다고 말이야
이렇듯 곳간에 슬픔이 만석이면
아버지 눈을 뜨게 하려고
공양미 삼백 석에 물로 뛰어든
심청이가 생각나
속여도 꿈결 속아도 꿈결
죽은 심청이가 산 심청이를 꿈에서 만나 하는 말
자기야, 칼 물어 칼

속을 거면 속이기도 해야지
행인을 붙잡고
여긴 어디오 댁은 뉘시오
내가 누구요
떨면서 바들바들
사시나무 떨 듯

(이제 그만
넋 붙들어 가자)

창공에서 내려온 흰 빛이
거룩하고 속되어
감탄하였다
그렇게 가시나이까

간다

아주 간다
끌려서
끌고 가는 줄 알고
모르고 간다 아주 간다
개 끌고
개에 이끌려 설상가상
냅다 뜀 인생
본다 뒤에서 우하하 푸하하 웃으며 간다
점심 먹고 얼죽아 마시러
끌려서 끌고 가는 듯 보이지만
죽어 가면서
제정신일 때마다
근황
차분한 준비
메리 크리스마스
해시태그를 붙여서
누구라도 괜찮다는 식으로
좋아요
다른 시라면

이쯤에서 꿈이 나올 텐데

다른 삶이라면

이쯤에서 개똥을 치우게 해 줬을 텐데

부고

모월 모일

술 마시고 노래하고 춤추던

천둥벌거숭이 은주 씨

(시에 이름을 쓰니까 만나는 사람마다 웃으며 내 이름은 언제? 묻고. 그럼 살짝 묻어 둡니다. 어느 날, 묻지도 따지지도 않고 겨울 무 뽑듯 거두려고. 깊게 묻으면 파헤쳐야 하니까. 사람 속을 가지고 그러면 안 되니까. 그냥 갚아먹으려고.)

숙취 해소를 위해

오전 반차 써 본 사람은 다 알지

오는 데 순서 있지만

가는 데 순서 없다

생각하고 침을 퉤퉤 뱉지 않으면

가 보면

다 끌려갔다

영정은 다 애매한 얼굴

평소엔 확실히 울상이었는데

(자기야, 웃어야 웃는 얼굴이 되는 거야.)

한때 손을 잡고 다녔지

겨울 산 겨울 강

천하절경

로또부지

온 김에 보러 가자

대자연 뷰

같이 살자는 가짓부렁

믿는 발등 도끼 찍기

생이 별거니

코로나19 때문에

밥도 못 먹고 장례식장에서 나와

천변을 걸었다

마흔 살까지 살 수 있을까요

답하지 못해서

좋아요

누를까 말까

이런 태그에 목매는 사람은 어떤 사람

(마흔살까지, 마흔살까지살아야해, 마흔살까지만, 마흔살까
지만살자, 마흔살까지써야지)

크리스마스 이브에

대궐 같은 옥탑에서 혼자 사는 중년 게이

우리 죽기 전까지 가까이

어울려 지내요

그 말을 받들었다

이 악물고

간다 아주 간다

개

죽음에

끌려 곧

곤두박질치겠지

아아 마시고 사무실에 들어가면서

똥 치우는 사람

개 얼굴에 (팀원) 은주 씨 얼굴을

주인 얼굴에 (팀장) 용희 씨 얼굴을 따 붙이고 싶네

크게 웃었다

한 번뿐인 인생

막 살자

막사막사 이런 건배사도 하는 마당에

느끼한 시를 쓰지 않기로 한
한 시인에 관하여

단숨에 쓰인 시의 수명이 길기도 하고
공들여 쓴 시가 한순간에 무너지며

과거의 시가 오늘에 와
미래의 시가 되고
시의 미래가 내일
자취를 감추며

편집 동인 선후배가
우연의 일치로
서로 상을 주거니 받거니 하였다는 소식은
뜻밖이라기보다는 관심 밖이고

전임이 되면 뭔가
개운하지 않아도
먹고살 걱정
(없을 땐 없어서 걱정도 없고)
배가 나오거나 가정 꾸릴 여보 생각

그런데도 운이 좋으면
치열하게 쓴다

야, 너두
할 수 있어
돈다발이 내 얘기인 적 있니?
(로또 역대 최다 당첨 번호 27, 20, 1, 40, 43, 37, 17)

현실 세계에선 막 못 사는 구찌를
가상 세계에선 막 사고
막 먹고 막 싸고 막 산다
나의 나 플렉스
어차피 다 막막하거든
희망은 그곳에만 있다

아무도 미래를 원하지 않지
(떡상이라면 몰라)
미래가 골칫거리인 사람
몇 없고

몇 없는데
몇몇은 치고받고 싸우고
몇은 죽고
몇은 잊히고
몇은 추억한다

잎이 좋고
꽃이 좋아
꽃철 되면 꽃놀이
단풍철이면 단풍놀이
눈꽃 보러 산에 간다
인생 뭐 있니
놀다 풀다 때 되면 간다

그걸 또 쓰고 앉았네, 저게

그렇지만 시의 노하우는
나타난다
뜻하지 않게

껌 파는 노인이 껌 팔고자 적은 문구
인생이 껌껌할 때 껌 씹으세요

시는 묻는다
어느 세월에

시는 답한다
허송세월

하지만 이런 기분 느끼는 사람(손!)

고귀한 흰 빛

(사운드 스피드

카메라 롤

액션)

한 사람을 보았다 발 디딜 곳을 잃은 사람이었다

설원 위 작은 집

창이 보이고
창가에 서서 손짓하는 사람

희미하고 희미하고
희미하게

내 나라 내 겨레
너무 오래 혼자 지냈어요

사람도 아닌 것이 사람인 척을 하고

눈을 감으면
보고 싶은 것도 보고 싶지 않은 것도
다 보여서

설원 위 작은 집

꿈이
깨진 유리창과
사랑이
부서진 문
피 흘리는
두 마리
눈 폭풍
우린 자유를 원해

어디로 향하는지 알 수 없으므로
손짓하지 않는

꿈속 그곳

북녘땅
햇살
하양 꽃내음
동지

설원 위 작은

너무 오래 혼자인 집 그러나

여전히

창과 문이 남은

어둠이 빛날 때 뜨는 별이

사냥꾼에게 쫓기며

가장 힘껏 달리던 사슴들이

갇혔으므로 진실로 자유를 원하는

사람이

희미하게

희미하게

희미한

눈망울 속

그대

손짓하는 곳을 향해

눈을 뜨면
사라지는

한 사람을 보았다
집으로 가는 사람이었다
길을 잃고
떠다녔다

(컷)

3부
종과 소리

손발

아내의 손을 더럽힐 수 있을까?
그럴 필요가 있을까?

그건 아내만이 할 수 있다

그 손으로 아내는 많은 것을 하리라

그 다음 손으로
아내가 할 수 없는 것을 나는 원한다

아내가 내게 바라는 것은 깨끗한 것이다

왜일까?
아내는 좋아하는 것 같다

깨끗한 손의 역할을
발을 닦을 수 있는

손을 내밀면 아내는 손을 잡아 준다

섬

그 모자는 지금쯤 어디에 있을까

아내가 궁금해하지 않는 걸
나는 궁금해한다

내가 궁금해하는 걸 아내는 궁금해하지 않기에

아내와 배를 타고 섬에 갔다
그 모자는

아내는 왜 두 번 다시 묻지 않는 걸까
그 섬에 두고 온 것을

우리가
배를 타고 섬에 갔으나

그 섬은 지금도 그곳에 있다

아무도 찾아가지 않아서

> 버려진 채로

심장

해변에서 들은 이야기를 아내에게 해 준다
사람이 아니었다 해도
아내는 믿는다
아내도 만나 본 적이 있기에

심장을 느리게 뛰게 하는 약을 먹였대
살아 있도록

검은 파도 소리가
해변의 영혼을 잠식하면

부유하는 개들
죽지 않고 예쁨 받는 개들
달의 목줄을 챈 개들
심장이 빠르게 뛰는

아내는 모래 속에 누운 채로
눈을 감으며 말한다

얼굴까지 덮어 봐 심장이 느려지게

개와 함께 집으로 돌아오는 길에
개는 두 번 짖고
나는 아내를 되돌아봤다

윤곽

아내는 울 때 우는 소리를 낸다
그건 웃을 때와는 다른 소리다

마땅하게도 그 소리는 혼자 듣고 싶은 소리다
아내는 그럴 수 없다 해도

무엇일까
무엇으로부터일까
무엇을 위한 것일까 그 소리는

그런 방식으로 소리는 흐른다

아내는 흐름이 깨지는 걸 좋아하지 않기에
소리 낸다 많은 소리를

수도꼭지를 열고

물소리가 들리면 나는 아내의 얼굴을 떠올린다
아내는 웃을 때 소리 내지 않는다

그럴 수 있다면

문을 두드리는 건 언제나 아내의 흐름이다

나는 웃는 얼굴을 좋아한다
그건 아내도 마찬가지겠지만

via air mail

눈빛만 봐도 알 수 있다고 시작하는 노래를
즐겨 불렀다

기쁠 때나 슬플 때나
검은 머리가 파뿌리 되는 동안

아내는
아직 젊은 그대다

젊은 그대를

아내는 좋아했다
젊어서가 아니라
그대라서

그대라 부를 수 있는 사람이 많아서

하지만 지금은

그대에게
아내가 치앙마이에서 항공 우편으로 엽서를 보내왔
을 때
나는 다른 남자와 교제 중이었다
삼십 대 초반
두부집 사장이었다

두부를 좋아해서
두부를 많이 먹고
두부를 연구하고
두부를 상품으로 여겨
패키지 디자인에 캐릭터를 그려 넣었다
콩이였다
눈빛만 봐도 알 수 있었다
그가 나를 콩이라고 부르는 이유를
그 눈빛을 그대에겐 보여 줄 수 없지만

그대에게
긴 주소가 적혀 있지 않아서 답장할 수 없는데도

편지를 썼다 버렸다

마음 깊은 곳 콩밭

콩깍지 속에는

봄 여름 가을 겨울이 있고

그대에게는 푸른 여름을 드리리

큰 비 그친 뒤 찾아오는 넓은 빛을

그러나 사랑은 이제 그만

기후 위기의 시대니까

콩잎은 불타고

큰 비로 사람들이 목숨을 잃고

누가 답할 것인가

내게 묻는다면 답할 것이다

끝났다 우리는

아내에게 묻는다면 답하지 않을 것이다

젊은 그대

가슴을 여는 젊은 그대가 오늘에도 있을까

빗소리를 들으며

손두부를 안주 삼아 그대와 막걸리를 마셨던 어느 저
녁이 떠오른다

우산도 없이 비 맞으며 걷다가
그대 가슴에 얼굴을 묻고 울었네
애모하는
마음이 콩밭에 가 있다고
그랬더니 그대가 내게 해 준 말
눈빛만 봐도 알 수 있잖아

아내는 신파를 좋아한다
그래서 나는 뭐든 사실대로 지어낼 수 있다

숨

아내가 잠든 사이에 버스를 타면
늘 비가 내렸다

한동안 말없이

어디로 가야 할지 알 수 없어서
멀리 가기로 했다

큰 산
오를 수 있는 그러나 오르지 않는

매일
아내는 물을 끓이고
잎을 우려 차를 마신다
산을 보면서

한동안 말없이

나는 아내의 소일을 어여삐 여긴다

현실적이라고 생각한다
그 시공간이
아내의 의미이기도 하다

거기엔 잠시
없다
인생의 의미라는 것

그립다
아내는 돌아오지 못할 존재를 미리 보고 싶어 한다
이런 식으로

"나는 당신보다 먼저 죽을 거야."

한동안 말없이

아내의 현실은 세상을 아름답게 한다
퇴행성 관절염을 앓는다
오래 앉아 있고 손목과 손가락을 많이 사용해서

아내는 쌓으려고 한다
진실의 모래성을

산이 나타나길 기다린다

차창에는
물방울들의 연속극

영원할 것 같은
실제로 영원한
아름다움은 비유에 그치지 않기에

아내는
새보다 새 떼를 좋아한다
홀로 나는 새는 평화롭고
새 떼의 출몰은 종말의 징조임으로
누구와 비교해도 손색이 없을 정도로
열심히 산다

우산을 쓰고
우산을 들고 누군가를 기다리는 사람으로서

한동안 말없이
차를 마시는 시를 쓰는 잠자는 아내를
말없이 한동안
바라보노라면 어디로 가야 할지 알 것 같아서
버스를 탄다 우산도 없이
소일 삼아
비가 내린다

차창 너머로 새 떼가 날아오르고
현실이 움직인다

"그런 말 하는 사람이 제일 오래 살더라."

우산을 쓰고 우산을 들고
아내가 버스에서 내리길 기다려야지
큰 산이 나타난다

오를 수 있는 오를 것 같은

빗방울이 하염없이 미끄러져 내린다
아래로 아래로
천천히 식어 간다
숨 쉬듯이

비가 오면

아내는 전을 떠올린다
해물파전이나 녹두전이나 감자채전
전을 해 먹을 생각은 하지 않고
그저 흐르게 둔다

흐르게 둔다
이 말을 아내는 지키려고 한다

무엇이든
누구에게든

사실 나는 무엇 때문이든
누구 때문이든 상관하지 않는데

냉동고에 해물야채전 밀키트를 기억해 내는 건
역시 나다

달궈진 팬에 기름을 두르는 것도 나다
반조리된 전을 올려 굽는 것도 나다

냄새를 맡는 건 아내일 텐데
아내는 그저 흐르게 둔다
그걸 보는 건 나다

양념간장을 쏟는 것도
키친타월을 꺼내 그걸 닦다가
우는 것도 나다

그럼 아내는 말한다
흐르게 둬

전은 끝이 좀 타야 맛이 좋아
아내가 맛있게 전을 먹으면
나는
우리가 더는

지킬 것이다 아내는
별 뜻 없이 노래하면서

그러면 나는 젓가락을 내려놓고 아내에게 말해 준다
흐르게 두자

그때 아내의 눈에선가
입에선가
가슴에선가

웃는 상

비 오는데
한 사람이 우산도 없이
걸어가고 있었다
(향해 간다는 건)
이럴 때 시는 자주
슬픔을 소환하여
애꿏게 쏟아진다는 건
젖는다는 건
스민다는 건
서정이란 허풍을
불어 날리지만
그걸 잡기 위해 독자는 손을 뻗지만
(손 뻗지 않는 사람이 더 많은 지구)
다행히 그 사람을
앞질러갔다 웃으며 걷는
쏟아진다는 건 웃는다는 것
젖는다는 건 웃는다는 것
스민다는 건 웃는다는 것
세 번 울고 한 번 웃는 사람을 생각하면

약간 제정신이 아닌 거 같고

그게 나인가

너이기도 한가

너도 아니면서 너라도 된 양

시는

벚꽃잎이 난분분 떨어져

젖은 밤의 창문이 아름다웠다

(마음이 그런 데 가 붙어서

험한 세상을 어떻게 살래

사람이 갑질도 할 줄 알아야 하는 거야

시로써 어리석은 독자여

다 차려진 밥상에 숟가락 얹듯

원해요, 그런 당신을)

서정적인 사람인 양

우리가 모두 설움 있는 양

느끼하게 굴지만

(그래도 시는 양호

돈이 안 되잖아

미쳐 날뛰어도)

예전엔

양이란 말이 그렇게 좋고

다정한 양 굴었는데 우리가

한때는 혀를 차고

너 같은 놈이

무슨 시를 쓰냐

그럴 때 시는

대망의 진정성을 마지막 패로 들지만

문단 내 성폭력 사건 가해자들을 기억한다

나한테 시나 잘 쓰라고 했던 아재

잘 사시죠, 살던 대로 진정으로

진정성이 좋았다

서정적이었네

한밤

비 오는데 쏟아지고자

젖고자 스미고자

슬프고자

향해 가고자

고자 고자 하니

내가 고자라니

하던 짤이 떠올라 웃으며

우산도 없이 걸었다

뭐라도 된 것처럼

아픔은 작은데 몸은 더 작은 듯

(그래야

견딘다는 건

산다는 건

진정성이라는 건

시는 폭발하지만

진정 난 몰랐었네

내가 웃는 상이 아니라

울상이라는 걸)

다행히

쟤는 자기보다 고독이 커서

사는 내내 사람을 찾는다

라고 말했던 이는

죽었고

흥얼거리며 가는 사람

비사이로막가
막 가야 웃는다
시란 말이야
시인이란 말이야
그러다 막다른 길
벽 앞에서

짧은 시

매일 아침 시를 쓴다
못 쓸 것도 없으니까

출근하며 지하철에서 쓰는 시에는 기필코 삼라만상이
담기지만
깊이나 해탈
부처의 눈매와는 상관없다

어려운 것 없다

아내가 말하길
시란 말이야 뒤에 아무 말이나 갖다 붙여도
뭐가 되니까

뾰족한 수가 없으니까

그래도 너는 울분이 있잖니?

대상이 없는

억울하고 분한 마음으로
찔러도 피 한 방울 안 나올 것 같은 시를 쓰긴 어려우
니까
손목에 파스를 붙인 시
피를 철철 흘리면서도 코 닦듯 쓱 닦고 마는 시를 써도
결국 시에 지고 마니까

장식하지 않는다
발산하지 않는다

시란 말이야 맞추는 거야
눈 가리고 야옹
나를 흔들어 놓고
나라는 상자에 담긴 게 무엇인지

이런 시도 누가 읽는다
매일 아침 덜거덕거리며

긴 건 딱 질색이니까

그건 인생으로 충분하니까

괜히 분하지?
이런 것도 시라고

쓰니까
사니까

아내의 마음

맑게 개인 날이다
계절은 사계절

아내는 겨울을 좋아하지만
겨울에는 조금의 입김만으로도 살아갈 수 있기에
그렇기에 나는 봄을 좋아하고

그러자 봄이다
아내의 마음과는 별개로
그러면 역시 맑게 개인 날이다

두 손은 가볍고
죄를 짓기에 좋다

아내의 마음을 즈려 밟는다거나
아내의 마음을 되돌려 준다거나
아내를 아내라 부르지 않는다
아내가 묻기 때문이다

언제부터야
자기를 자기가 자기 입으로

아내는 두 손을 모으고 입김을 불면서
매서운 겨울이라 말하네
그게 아내의 마음인 줄 알면서

봄이라고 말하기
더 늦기 전에

여름 비가 그치고
풀잎에 물방울이 맺힌 날이다

아내는 창을 크게 열고 보는 중이다

풀잎 같은 아내는 없는데
풀잎 같은 아내의 마음은 있기에

아내가 운다는 사실을 믿는다

호호 입김을 불어 주면서

청둥오리 한 쌍이 물살을 가르며 앞으로 나아가고 있다

잃어버린,

아내가 비를 잃어버려서
소용없게 된 우산을 잃어버렸다

그러므로 아내에게는
사소한 일이었다
자면서 잠꼬대 한번 하지 않아도 되는

어젯밤에
나는 잠꼬대를 했다
아내가 들었다; 우산을 찾습니다
비가 옵니다 쏟아집니다
쓸려 가고 축대가 무너집니다
사람 살려!
죽어 갑니다 죽었습니다
아내는 측은해하고
그 자신을, 어쩌다 저런 식으로
하며 잠이 들고
아니나 다를까 비를 뿌렸다
그런 식으로 아내는 비를 잃고

그 우산은 책을 사서 생긴 우산이었다
책에서는 사람들이
사냥꾼을 피해 숨고
달아나고 서로 죽이고
아내에겐 꽤 축축한 면이 있어
결말을 궁금해하지 않았다
그래서 늘 결말부터 확인하고
결과보단 과정이니까 아내는
그런 식으로 살았다
남이 뭐라든 내가 어디에 있든
아내는 걸어갔다
우산을 펼치면 이런 문구가 프린트되어 있었다
지상에 영원한 것은 없다
가장 먼저 사라졌다
비에 쓸려 갔다

그 비에는
우산이 소용없었다
쓰나 쓰지 않으나 젖었다

그런데도 나와 아내는 딱 붙어서
우산에 매달렸다
크게 웃었다 지금도 그 우산 속에는
남아 있을 것이다
이런 식이라면 그냥 버리자
아내는 혼자 걸어갔다
두 팔을 벌리고 빙글빙글 돌면서
소리치면서
어서 빠져 나와
거기 있으면 잠겨 버릴 거야!
지상에 영원한 것은
나는 되뇌며 아내에게로 갔다
우산을 들고 우산만 들고
책에는 우산이 나오지 않았다
왜냐하면 그 세계는

비를 잃어버린 세계였다
우산이 소용없는

티니 타이니

뱀 주의

청개구리가 살았다
아내가 만든 나라에는

가을의 거리가 있다
겨울의 거리와
봄의 거리 여름의 거리도 있으나
청개구리는 그 거리에 터를 잡았다
가을 내음이 좋아서였다
비가 지나가면 풍기는
젖은 흙과 낙엽의 향
뱀이 출몰하는

아내는 산 것이 아니라 죽은 것에서 희망을 얻는다

산산이 부서지지 않고
차라리 가루가 되기에

동시에

한 알의 콩을
씨앗 하나를 애지중지 여기는
기후 위기 시대의 인물을 아내는 이해한다
사람을 지키기 위해서가 아니라
그것을 지키기 위해 사람을 죽이는

동시에

사람으로부터 무언가를 지켜 내기 위해 애쓰는 이야기에
아내는 감격한다
폭우로 물에 잠긴 반지하방에서 사람을 구해 내는 사
람이나
저는 스물일곱 살 레즈비언 딸을 둔 엄마 아무개입니다,
라고 자기를 소개하는 사람
무연고 사망자 공영 장례식을 찾아 절하는 사람
길고양이를 위해 흙바닥에 무릎을 공손히 구부리는 사람

동시에

거리 두기가 한창일 때 아내는 혼자 자주 서성였다
그것이 독이 되었다
그런데도 더럽혀지지 않았다
어째서인지 반대로 생기가 넘쳤다

아내가 만든 나라에는
사람이 살았다

어느 밤 그들은
반짝반짝 윤이 나는 아내의 자갈밭에 쭈그려 앉아
불을 밝히고 지켜보았다
작고 푸른 생명이 인류를 구원하기 위해
거침없이 밤의 아가리로 폴짝폴짝 뛰어 들어가는 것을

끝내는 허물에서 희망을 얻는다
아내의 말을 주의 깊게 들을 필요가 있다

큐알 코드

아내는 습관처럼 가슴에 대고 말한다
무슨 말을 하든 그렇다

그렇게 쉽게 단정하지 말랬지

같은 말이 가슴을 지나오면
어떤 말로 변모하는지
당신도 모를 리 없다

모르겠다고?
그럼, 가슴에 대고 물어 봐

요즘 것들은,
당당히 말하지
요즘 것들에게는 도무지
아무래도

아내는 옛날 것이다
옛날 것들에 속한다

아내는 지금도 술에 취하면 큰소리로 운다
어디서든 누구 앞에서든
사랑받는다
운다고 사랑해 주는 건 옛날 것이다
그러니까 끼리끼리 둘러앉아
큰소리로 웃다가 하나둘 울음을 터뜨린다
꼭 쥐고 있다가 때를 봐서 놓는 것이다
수류탄처럼
물똥 싸듯이 질질질
옛날 방식이지만

요즘 것들이 요즘 것들에게 당하는 꼴을 보면
너무 고소해 같은 말이
가슴을 지나오면 어떤 말로 바뀌는지 알아

아내가 가슴에 대고 물었다

궁금할 것이다

이 시에 나타나는 가슴은
누구의 가슴인가

요즘 아내는
꽃 검색에 빠져 있다
사진을 찍으면 자동으로 정보가 검색되는 서비스로
금계국 해당화 유채꽃 낮달맞이꽃 패랭이꽃 양지꽃 죽
단화가 최근 아내의 히스토리다

아내는 습관처럼 역사에 관해 말한다

가슴에 대고 물어봐
당신도 모를 리 없다

겨울바람

겨울바람이 분다
아직 가을이 오지 않았는데
자연보다 앞서는 마음이란 것도 있으니까

그 마음 때문에
겨울바람이 부는 것은 아니다
그런 마음이야 흔하디흔하니까

왜 그럴 때 있잖아
쓸쓸한 개 한 마리가 늦은 오후에
이유 없이 창밖을 향해
활활
짖는 것을 보면 도망치고 싶은 거
단란한 살림을 버리고 아무도 나를 모르는 곳에 가서
잊히고 싶은 거
한 사람을 애달게 하고 싶은 거
그 모질게 뜨거운 바람에 제각각 이름을 붙이지만
겨울바람이지 부는 바람이지

그런데 어쩐 일일까

구 월 십사 일 수요일 오후 다섯 시

빌딩 이층에서 듣네

겨울바람 부는 소리

이 콘크리트 건물에는 개 한 마리 없는데

개처럼 구는 사람은 있어

바로 나지

너이기도 하지

화르르 화르르 겨울바람 부는 소리

불타는 소리

어떤 사람은 그을리는 중이네

그럴 만도 해 그 사람은

남을 태울 수 없어서 자기를 태우는 거

당신도 해 봤을 텐데 그러니까

일주일 전쯤에

혼자 앉아 왜 이러고 사는가

창밖을 향해

가을은 오려는가 그렇다면 겨울은 올 테니까
바람이 분다 남이 뭐라 부르건 상관없이
겨울바람이 분다 내 마음이니까
마음대로 할 수 있으니까 가령
혀 깨물고 죽을 수도 있으니까 내 마음은
그 선혈이 낭자한 걸 물고
개는 저만치 가네 꿀떡
삼킬 수도 없고 뱉을 수도 없고
피가 마를 때까지 육질이 썩을 때까지
굶어 죽을 때까지
(그러니까 남이 버린 마음은 쉽게 줘 먹는 게 아냐)
그 개가 남긴 핏빛 무늬에 당신은 어떤 이름을 붙일래

할 수 없지 모른 척해도
당신에게도 혀가 있으니까
말할 수 있으니까 피할 수 없어
개에게 던져 주는 거야 그까짓 거 그런 마음 따위
잘린 혀로 쓰는 거야 시란 말이야
오늘처럼 나처럼

일하다 말고
왜 그렇잖아 이 시간이 되면
마음에 바람이 불잖아
그 바람에 붙이는 이름은 제각각이어도

겨울바람이 분다
개는 혀를 물고 저만치 가고
어두워지고
창밖을 향해 고갤 돌리고 조용히
활활 짖어 보네
꽉 물려고

알아, 지금 당신도 너덜너덜하지
미련 두지 말고 잘라 버려
어휴 캄캄해 속이 다 시원하네
살다 보면
그럴 때 있잖아 왜
살짝 그슬리려고 하다가 새까맣게 태워서
울상을 짓다가도 웃어 버리는 맛

매번 버림만 받다가
불어 오지 그때 바람은

겨울바람이 분다
지금
그래 지금
당신에게로 내가
불타는 혀를 보낸다면

받아 줄래
나는 당신뿐이야
개처럼 군다 겨울바람이

당신은 늘 이 부분에서 눈을 감는다

돌아 버리겠지
아내가 바라는 것은 웅장하다

이불 빨래를 2주에 한 번씩 한다거나
계절마다 커튼을 바꾸는 일과는 비교할 수 없는

아내의 꿈이라고 하는 것은 보자기만 하다

사시사철 언덕을 오르고 올라
그 산정에 있는 호수로 간다
흰 오리 배를 타고
호수를 가로질러

안간힘을 써서
당도하고 싶지 않으면서

닿는 곳에서 닿는 사람과 살림을 꾸린다

아내는 이런 걸 구겨 버린다

쓰다 말다 하면서 쓴 걸
결국은 던져 놓을 거면서

아내는 혼자 오리 배 타고 간다
멀어질 때까지
팔랑팔랑 돌아가던 게 멈출 때까지

이만치 물러서서 보면
오리 배의 아름다움이
아내를 집어삼켜서

잘 가, 인사하게 된다

그게 아내를 미치게 할 것이다
아내는 오해하므로

아내는 당신들을
돌아 버리게 하고 싶다

붙잡고 다짜고짜 묻는다
나랑 도망갈래

언덕과 호수와 오리 배로 하지만
언제나 아내는 돌아간다
제자리로 돌아가길 원한다

머리를 호수에 처박은 배가 물살을 가로질러 혼자서 간다

내가 뒤돌아선 건
바로 그때
아내는 나를 돌려세웠다

끝까지 봐 끝까지

아내가 보라고 하는 것을 늘 보지 않았으므로

도망갈래
나랑

그 슬픔

— 친구 은영에게

오늘 저는 왜 이렇게 슬플까요?

맞설 수 없네요

손가락을 펼 수 없네요
이 손안에는
두 쪽의 책장이 있고
저는 오늘 그것을 읽기 위해
어젯밤 그것을 썼는데 오늘은 그것을
읽을 수가 없네요, 이런 것이 시라 하시고
그런 것이 시인이라 하셔도
마음에 들겠습니다, 오늘의 저는
기쁨으로 가득한 소라 껍데기에 귀를 대고 있기에

아름다운 친구가
(어째서 아름답냐면 그는
출근길 지하철 탑니다, 시위대를 원망하지 않습니다)
다가와 축하해 주었습니다
제 일처럼 기뻐요

그 말에 담긴 반짝이는 모래알들을 떠올렸습니다
눈이 부셔서 저는 그 시간을 계속해서
거꾸로 놓았습니다, 다 떨어져 버리지 않게
친구는 마음에 어떤 나라를 세운 걸까요?
그 나라에서는 누구나
걸림 없이
어디든 갈 수 있겠죠?
철새를 타고 먼 나라를 여행하는 꿈을 꾸고
(성은 씨, 잘 지내나요?)

준비해 온 것을 읽겠습니다
라는 말 대신에 준비해 온 것을 읽지 않아도 되겠습니다
라고 말하려는 제게 다가온
알 수 없는 알아선 안 되는

그 슬픔
이 슬픔이 아니라

그 슬픔을 슬픔이라 말할 이유가 제게는 필요하지 않

습니다

저는 그 슬픔에게 드릴 게 없어서

여러분은 어떠신가요? 괜찮으시다면
여러분이 그 이유를 찾을 수 있도록
자, 여기,

"부끄럽고 죄송합니다."

열사의 노모가
허리 숙여 올리는 감사 인사가

여러 사람의 죽음과 무관하지 않다는 것

그 죽음에 제 자식의 죽음이 포함되어 있다는 사실

기록되지 않아서 존재하지 않는
죽어서야 기록되고 잊히는

사람을 잃어버리고
시간은 어떻게 견딘 걸까요?

오늘의 저는 궁금합니다

어젯밤 저의 굶주림을
부끄럽지 않도록 해 주는 것을요

사랑으로 희망하라
진리와 거리를 두며
오늘의 제가
죽음으로 희망하기를 바란다면

그 슬픔은 어떻게 저와 맞설까요?

일요일 밤에 우리는

서울고법 행정1-3부는 2023년 2월 21일 소성욱 씨가 "동성인 배우자(김용민 씨)도 건강보험 직장가입자의 피부양자로 인정해 달라"며 국민건강보험공단을 상대로 낸 소송에서 1심을 뒤집고, 원고 승소로 판결했다. 재판부는 "공단이 이성 관계인 사실혼 배우자 집단에 대해서만 피부양자 자격을 인정하고 동성 관계인 동성 결합 상대방 집단(동성부부)에 대해 피부양자 자격을 인정하지 않는 것은, 성적 지향을 이유로 하는 차별 대우에 해당한다"고 밝혔다.

아버지가 암이래

너도 내일 암 보험 바로 들어

너는 있지?

나는 있어

무슨 일이 생기면

도움이 필요하면

나한테 말해 줘 꼭

꼭이야

내일 출근하려면

어서 자야지

잔다 ―

자 ―

꿈을 꿨다

허허벌판이었다

아버지한테 가 봐야 하지?

그래야지

여행은 취소해야겠지?

그래야겠지

어머니가 힘드시겠다

아픈 사람이 아픈 사람을

네가 엄마 집에 가 있어야 하나?

코로나 이후로 처음 가는 여행인데

내일 다 취소할까? 해야겠지?

다 취소할게

어서 자야지

자야지

자 —

너는?

나도 잘 거야 금방

너무 멀리 가지 말고 가까이에 있어

허허벌판

눈밭에

발자국이……

울음을 참으면서

더는 가지 못하고

되풀이하며

서 있었다

고개를 숙이고

무슨 일이 생기면 나한테 말해 줘, 꼭이야

꼭

꼭이야 어느 날 아침이 오는 소리는

피에타

사무실에서 나와 혼자 점심 먹고
걸었다, 은행잎이 수북이 쌓인 지구의 길을

뜨거운 11월이다, 불길한 것이다, 불탄다는 게 다 그렇듯

성당 뒤 주차장에 가서
주저앉아 울었다, 낭떠러지, 마음이 그렇다는 것이다

그런 일은 절대로 일어나지 않기를
그렇게 일은 벌어진다
떨어진다, 잎은
나뭇가지에서

성모가 죽은 예수의 머리에 손을 얹듯

한 발은 한 발에서

나와 눈이 마주친 사람은 내가 지나온 길을 가고
나는 그가 지나온 길을 간다

한두 번이 아닌데도
엇갈린 것이 아닌데도 엇갈렸다는 마음
그것이 사람을 괴롭힌다

멀어지는 걸 보면 마음이 뒹굴고
길이 아니라 길의 바닥에서

조금 더 구체적으로
좀 더 실체에 가깝게 그러나

그럴 수 있다면 시를 왜 쓸까

기도의 진실됨이란 기도의 거짓됨이다

미국 콜로라도주 '클럽 Q'에서 참사가 벌어졌다.

그날 Q에선 트랜스젠더 추모 행사가 열렸다.

콜로라도주에선 이미 여러 차례 대량 총격 사건이 있었

다. 1999년에 컬럼바인 고교, 2012년 덴버 교외의 한 영화관, 2021년 보울더 슈퍼마켓…….

올해(11월 기준) 미국에서 벌어진 총기 난사 사건은 600건에 이른다.

당시 클럽에서 공연했던 출연자가 눈물을 흘리며 생존자들과 포옹하는 사진이 포함된 기사에 달린 댓글

어우, 사진, 극혐
우리 시대의 이름

이런 세상에서 서정시를 쓸 수 있는가

한가롭게 자화자찬으로 인생을 회고하고 전시하는 노인의 갸륵함을 자주 본다, 역시 늙어도 돈이 있어야 된다
그런 노인이 되어 가는 사람도 자주 본다
바닥을 드러내 보이면서도
모르는 척, 그런 사람을 보면

스리슬쩍 웃어 준다
야, 너도?

걷고 걷다 보면 더 걷고 싶고
더 걸어서
멀어지고 싶다

어딘가에서 누군가에게서
무언가로부터

사람으로부터
성당의 종소리
총성과 기도

내가 운 것은 그것 때문이 아니라는 거짓
그럴 수 있다는 사실

당신으로부터 그러니까
당신이 꿈꾸는 세상으로부터

나는 멀어지고 싶다
희망을 품고
돌아서서
그가 지나간 길을 지나간다
아마도, 그도, 어딘가에 숨어서,

전등을 끄고
문을 잠근 채
바닥에 엎드려 숨죽인 채
듣지 말아야 할 것을 듣는다

처음엔 음악의 일부처럼
울면서 세 사람은
탕
손을 잡는다, 탕
손을 잡는다,
탕
손을
잡는다

증오보다는 사랑을
이토록 구체적이지 않은 말이
실체를 갖게 되는 세상이란, 불길이다
불타오른다, 지구의 잎이
걷다가 돌아와, 꼭

사무실에 앉아
입 속에 주먹을 우겨놓고
참을 만큼 참았다가
울음을 터뜨리는 사람을 본 적 있다

그게 너였기를 바란다
그게 나이기를 내가 바라듯이

살아 돌아올 것이다, 우리가
시신(屍身)에 거는 희망이란 그것뿐이다

행진의 시

안희연(시인)

우리는 왜 시를 읽을까. 시로부터 무엇을 구할까. 김현의 시집을 펼치기 전, 나는 항상 내가 시에 기대한 모든 것으로부터 배반당할 준비를 한다. 그의 시는 아름답지만, 흔한 방식으로 아름다움을 거머쥐려 하지 않는다. 차라리 우리가 지금껏 아름다움이라고 손쉽게 믿어 왔던 것들을 손가락 사이로 전부 다 흘려보내고, 세계의 폭력성과 존재의 지리멸렬을 온몸으로 관통하는 과정에서 저도 모르게 획득되는 처절한 아름다움에 가깝다.

이번 시집에서도 그는 꿈이 깨지고 사랑이 부서진 자리에서 시를 출발시킨다. 시집 제목인 『장송행진곡』에 모든 힌트가 들어 있다. 죽은 이를 장사 지내는 '장송'의 시간은 그의 시적 현실이고, 앞으로 나아감의 의미를 품은 '행진'은 그의 시적 지향을 응축한다. "사람을 지키기 위해서가 아니라" "사람으로부터 무언가를 지켜 내기 위해 애쓰는 이야기"(「티니 타이니」)가 필요한 시대, "더 크게 자신을 찢어야만 도망칠 수 있"(「날개」)는 존재의 취약성을 타개하기 위해 그가 택한 방법은 희망의 방향을 바꾸는 일이다. "사랑으로 희망" 하는 것이 아니라 "오늘의 제가/ 죽음으로 희망하기를 바란다면/ 그 슬픔은 어떻게 저와 맞설까요?"(「그 슬픔」)라고 슬픔에게 대놓고 묻는 일. 차라리 죽음을, 죽음의 절대성과 진실성에 자신이 가진 모든 패를 거는 일.

만일 그의 시가 우리에게 어떤 불편을 초래한다면, 그 불편은 우리로 하여금 불편한 진실을 마주하게 하기 때문일 것이다. 그런 의미에서 김현의 시는 내부가 훤히 들여다보이는 물방울처럼 선명하다. 하지만 그의 시는 투명한 물방울 속에 "어쩌면 시인도 풀 수 없는 수수께끼"(「사람이 되어 가는 건 왜 이렇게 조용할까」)를 감추고 있어 다 알 것 같다가도 도무지 모르겠는 순간으로 우리를 데려다 놓는다. 이번 시집의 가장 비밀스러운 열쇠어는 단연코 "아내"일 것이다. 시집의 거의 모든 곳에서 반복적으로 출몰하는 아내는 한 사람이면서 동시에 아무도 아닌 자, 사람이자 상태, 안에 있다가도 밖에 있는, 존재하기도 부재하기도 하는 모든 것들의 이름이며, 그의 외로운 장송행진의 전 과정에 동행하며 시의 빛과 어둠, 깊이와 넓이가 되어 준다.

1부의 종소리, 2부의 종을 떠난 종소리, 3부의 종과 소리로 이어지는 그의 행진이 궁극적으로 향하는 곳은 그럼에도 희망이다. 종과 소리의 분리는 양쪽 모두에게 생살을 찢기는 고통을 안기겠지만, 종도 소리도 결국 고유한 자신을 열어 보일 것이다. 그곳에 다다르기 위해 백지라는 관 속에 인간의 모든 실패와 어리석음을 담아 못질하는 시인의 얼굴은 놀랍도록 투명하다. 그는 관의 시를 어깨에 짊어지고 앞으로 앞으로 나아간다. "지기 싫어서 웃"(「활화산」)는 일은 있어도 환상에 기대거나 엄살을 부리며 관을 내려놓는 일은 없다. 무엇보다 이 시집은 장송행진'곡', 즉 행진을 위한 '노래'가 아닌가. 노래는 함께 부르라고 있는 것. 그가 첫 소절을 시작했으니, 이제 우리가 그와 속도를 맞춰 걸을 차례다.

인간을 위한 소나타, 제7악장

최현우(시인)

누군가의 슬픔은 모르지만, 누군가를 위한 슬픔을 알게 된다면. 걸어 볼 수 있는 희망이라는 게 결국, 그것뿐이라면.

시인 김현의 세계에 발을 들이기 시작했다면 우리는 어떤 추락을 감수해야 합니다. "찢어지게 하고 갇히게" 하는 "자기도 알아볼 수 없는 속마음"으로부터. "더 크게 자신을 찢어야만"(「날개」)하는 일입니다. 그때의 우리는 우리가 알던 것과 하던 것을 거의 실패하게 됩니다. 물속에서는 숨 쉬는 법과 움직이는 법을 새로 배워야 하듯, 지상의 방법을 모두 버리고 전진해야 합니다. 그리고 이 말은 우리 사는 이곳, 결코 지상이 아니고 하늘 낙원은 더욱 아니라는 말이자, 낙원 아닌 곳에서 천사의 말을 한다고 해서 여기가 천국이 되고 우리에게 날개 달리지 않는다는 말입니다. 그의 형식, 그의 화법, 그의 보폭. 그는 수많은 시를 쓰며 기어코 "높은 곳에서 보면 모두 그럴싸하게 보이는"(「드론이 시에 미친 영향에 관하여 서술하시오」) 이 세상, 이 사람, 이 사랑을 밑면이 위로 가도록 뒤집어 놓았습니다. 구멍을 뚫고, 입술을 열고, 영원을 잡아먹으면서. 그리고 이제는 세상을 염하듯 조용한 노래를 부르기 시작합니다.

소멸을 흥얼거리는 일도 사랑이 되겠습니까. 죽음의 머리가 죽음의 꼬리를 물고 돌돌 말린 모양을 삶의 음표라고도 부를 수 있겠습니까. 한 남자가 있고, 또 한 남자가 있습니다. 둘은 사랑하고, 한 남자가 아픕니다. 그래서 다른 한 남자가 더욱 아픕니다. 둘이 사는 그 집은 오로지 둘이면서 결국 하나여서, 가까이 가면 어두운 섬으로 보였다가 멀리서 보면 밝은 무덤처럼 보입니다. 이승의 지도에는 그 집이 없습니다. 세상의 취소선은 사정없이 그들의 지붕 위를 긋습니다. 그래서 "그 집에선 슬픔을 깨물 수 있"(「자신을 위한 시」)습니다. 그가 입에 가득 문 채로 질문합니다. "그 슬픔은 어떻게 저와 맞설까요?"(「그 슬픔」) 그가 물었던 것을 뱉지 않고 꿀꺽 삼키며 대답합니다. "그게 너였기를 바란다/ 그게 나이기를 내가 바라듯이"(「피에타」).

세상도 사람도 그가 계속 노래하도록 버려둡니다. 끝나지 않은 일들을 강제로 종결하면서, 그가 버리고 싶지 않은 것들을 세상과 사람이 내다 버리는 방식으로 그를 버려둡니다. "살아 있다는 것 말고는"(「사람이 되어 가는 건 왜 이렇게 조용할까」) 이유가 없는 울음이라서, 그냥 둡니다. 잠시 후 그가 말합니다. 자신보다 더 멀리 버려진 사람, 여전히 버려지고 있는 사람에게. "폭우로 물에 잠긴 반지하 방에서 사람을 구해 내는 사람"과 "스물일곱 살 레즈비언 딸을 둔 엄마"와 "무연고 사망자 공영 장례식을 찾아 절하는 사람"과 "길고양이를 위해 흙바닥에 무릎을 공손히 구부리는 사람"(「티니 타이니」)들, 그리고 아내에게. "흐르게 두자"(「비가 오면」). 흐르게 두자고.

그가 세계를 걸어가는 우리의 서러운 발등 위에 잠시나마 덮어 준 이 사랑과 증오의 음악이 쇼팽의 소나타 '장송 행진곡'인지는 불분명하지만, 슈만이 쇼팽에게 압도당하며 세상에 던졌다던 말을 같은 심정으로 말할 수 있겠습니다. 당신도 이제는 알게 되었을 겁니다. *불협화음으로 시작하여 불협화음을 거쳐 또다시 불협화음으로……* 오직 김현만이 이렇게 시작하며 이렇게 끝낼 수 있다는 것을. 오직 김현에게만 걸어 볼 수 있는 실체를 가진 희망이 아직 우리에게 있다는 것을.

지은이 **김현**

2009년 《작가세계》를 통해 작품 활동을 시작했다. 시집 『글로리홀』
『입술을 열면』 『김현 시선』 『호시절』 『다 먹을 때쯤 영원의
머리가 든 매운탕이 나온다』 『낮의 해변에서 혼자』, 산문집
『걱정 말고 다녀와』 『아무튼, 스웨터』 『질문 있습니다』 『당신의
슬픔을 훔칠게요』 『어른이라는 뜻밖의 일』 『당신의 자리는
비워둘게요』(공저) 『다정하기 싫어서 다정하게』, 소설집 『고스트
듀엣』이 있다. 제22회 김준성문학상, 제36회 신동엽문학상을
수상했다.

장송행진곡

1판 1쇄 찍음 2023년 8월 28일
1판 1쇄 펴냄 2023년 9월 11일

지은이 김현
발행인 박근섭, 박상준
펴낸곳 (주)민음사

출판등록 1966. 5. 19. (제16-490호)
서울특별시 강남구 도산대로1길 62(신사동)
강남출판문화센터 5층 (06027)
대표전화 02-515-2000 / 팩시밀리 02-515-2007
www.minumsa.com

ISBN 978-89-374-0936-3
    978-89-374-0802-1 (세트)

* 잘못 만들어진 책은 구입처에서 교환해 드립니다.
* 이 책은 서울특별시, 서울문화재단 '2023년 창작집 발간 지원
  사업'의 지원을 받아 발간되었습니다.

민음의 시
목록